ANDERS

Andreas Steinhöfel, geboren 1962, arbeitet als Übersetzer, Rezensent und Produzent und schreibt Drehbücher – vor allem aber ist er Autor zahlreicher, vielfach preisgekrönter Kinder- und Jugendbücher, wie »Die Mitte der Welt« und die »Rico und Oskar«-Bände. Nach Peter Rühmkorf, Loriot, Robert Gernhardt und Tomi Ungerer hat Andreas Steinhöfel 2009 den Erich Kästner Preis für Literatur verliehen bekommen. 2013 wurde er mit dem Sonderpreis des Deutschen Jugendliteraturpreises für sein Gesamtwerk ausgezeichnet und 2017 folgte der James-Krüss-Preis. Andreas Steinhöfel ist als erster Kinder- und Jugendbuchautor Mitglied in der Deutschen Akademie für Sprache und Dichtung

# ANDREAS STEINHÖFEL
# ANDERS

MIT BILDERN VON PETER SCHÖSSOW

CARLSEN

Außerdem von Andreas Steinhöfel im Carlsen Verlag lieferbar:
*Beschützer der Diebe*
*David Tage Mona Nächte*
*Defender*
*Der mechanische Prinz*
*Die Mitte der Welt*
*Dirk und ich*
*Es ist ein Elch entsprungen*
*Froschmaul - Geschichten*
*Glitzerkatze und Stinkmaus*
*My Brother and I*
*O Patria Mia!*
*Paul Vier und die Schröders*
*Rico, Oskar und die Tieferschatten*
*Rico, Oskar und das Herzgebreche*
*Rico, Oskar und der Diebstahlstein*
*Rico, Oskar und das Vomhimmelhoch*
*Trügerische Stille*
*Wenn mein Mond deine Sonne wäre*

MIX
Papier aus verantwortungsvollen Quellen
FSC® C083411
www.fsc.org

Ein *Königskinder-Buch* im Carlsen Verlag
Februar 2017

Umschlag und Illustrationen: Peter Schössow
Umschlagtypografie: Suse Kopp
Umschlaggestaltung: formlabor unter Verwendung
der Vorlage von Peter Schössow und Suse Kopp
Corporate Design Taschenbuch: bell étage
ISBN 978-3-551-31566-3

*Für Amy,*

*die zwei Wochen schneller war*

PROLOG

# DAVOR UND DANACH

Felix bedeutet *der Glückliche.* Der Name stammt aus dem Lateinischen, und er war, als die Winters ihn für ihren Sohn aussuchten, in der Hitparade der Jungennamen soeben auf Platz elf vorgerückt – Tendenz leicht steigend. Melanie Winter hatte die Liste aus dem Internet heruntergeladen und hielt sie ihrem Mann unter die Nase. Ein sorgfältig rot lackierter Fingernagel tippte wiederholt auf die elfte Zeile, und tatsächlich, erkannte André Winter: *Felix* stand nicht nur weit genug vorn, um später einmal belegen zu können, dass man sich mit dieser Wahl durchaus auf der Höhe der Zeit befunden hatte. Nein, in seiner hübschen Zweisilbigkeit stand der Name auch weit genug hinten, um sich deutlich von allen spitzenreitenden einsilbigen Jans und Toms und Bens abzugrenzen, die in diesem Jahr scharenweise, wie es aussah, zur Mehrung der Menschheit an den Start geschickt wurden.

André Winter studierte stumm die Liste, speziell die Ziffer vor dem Namen *Felix*. Elf war eine Primzahl. Primzahlen machten ihn nervös. Alles, was sich nicht in ganzzahlige Größen teilen ließ, machte ihn nervös – das uferlose Internet, die gestauchten Zahlenkolonnen unter seinen Kontoauszügen ... manchmal sein ganzes Leben. Ein Primzahlenname beschwor womöglich etwas herauf, das ihm in Zukunft Kopfzerbrechen bereiten mochte.

Aber die Zukunft war weit entfernt. Die Gegenwart war ausgefüllt von einem fordernd tippenden Zeigefinger, und noch nervöser als die Elf machte André Winter das Wissen darum, wie ungehalten seine Frau reagierte, wenn sie nicht bekam, was sie wollte. Deshalb stimmte er, mit einem letzten Blick auf ihre roten Fingernägel, zu. Vermutlich war er bloß abergläubisch. Vielleicht ging alles gut.

Und alles ging gut, elf Jahre lang.

Am ersten Tag des zwölften Jahres wurde alles anders.

Die braune Strickjacke nicht geschlossen, trotz der Kälte, es war ja Herbstanfang. Nebelnasse, in der Stirn klebende schwarze Haare, die Hände zu Fäusten geballt und keuchender, stoßweiser Atem aus geöffnetem Mund ... Aber dennoch, wie der Felix gegangen war, so forsch und so fest: Allein dieser trotzig entschlossene Schritt, wo doch der Junge sonst so schlurfte! Frau Heinsel war ihm auf Höhe des Nahkaufs begegnet – dieses schuhkartonförmigen neuen Flachbaus, über die Flussbrücke bequem zu erreichen von der Ulmenstraße her, der *ihrer* Ansicht nach dort nicht hätte gebaut werden sollen, aber wer fragte sie schon? – und im Hineingehen hatte sie sich nochmals verwundert umgedreht (und fast ihren Einkaufsroller umgerissen dabei), denn normalerweise grüßte der Felix immer, er war ja gut erzogen, in letzter Zeit wohl ein wenig in sich gekehrt, aber gegrüßt hatte er bisher *immer!* Diesmal aber hatte er die Nachbarin gar nicht wahrgenommen, überhaupt nichts schien er gesehen zu haben, nicht in der Welt vor sich. Aber in ihm drin, hinter den hellgrauen Augen, da hatte, nun, wie sollte man das sagen …

An dieser Stelle ihrer Erzählung pflegte Frau Heinsel eine kleine Effektpause einzulegen und den Kopf um ein paar Vertraulichkeitszentimeter vorzustrecken, bevor sie mit gesenkter Stimme weitersprach: Da hatte etwas getobt! Doch, ja. Ein Ringen und ein unhörbares Brüllen war da im Felix gewesen, an einen gefangenen Tiger oder Löwen habe man unwillkürlich denken müssen, der sich wieder und wieder gegen die stählernen Gitterstäbe seines Käfigs warf, und wenn man überlegte, dass heute sein Geburtstag gewesen war, ausgerechnet … Gott, der arme Junge!

Dann das Ganze wieder von vorn, gern auch ein drittes Mal, und falls ein ungeduldiger Zuhörer signalisierte, dass er auf *von vorn* keine Lust hatte, wartete Frau Heinsel einfach geduldig ab, bis sie des nächsten Nachbarn habhaft werden konnte. Ihr Haus lag nahezu mittig in der Ulmenstraße, das breite Küchenfenster bot einen großzügigen Blick in jede Richtung, und wenn sie mit ihren knapp sechzig Jahren auch nicht mehr so flink war wie mit dreißig, trugen ihre Schritte sie doch schnell genug hinaus, sobald jemand die Mülltonnen zum Gehsteig schob, den Briefkasten leerte, den kurzen Fußweg in die Stadt oder zum Einkaufen antrat. Selbstverständlich versäumte sie bei solchen Gelegenheiten nie darauf hinzuweisen, dass sie wohl die Letzte gewesen war, die den Felix gesehen hatte, bevor ... bevor diese ... diese fürchterliche Sache passierte.

Was Frau Heinsel ausschließlich dem sehr jungen Polizeibeamten anvertraute, der sie noch am frühen Nachmittag des Unfalls aufsuchte, war ihr Bedauern darüber, dass sie im Supermarkt unverhältnismäßig lange mit der Frage beschäftigt gewesen war, ob sie Ravioli mit oder nicht doch lieber ohne Fleisch in der Soße kaufen sollte, während nur wenige Hundert Meter entfernt das Schicksal zu einem gewaltigen Rundumschlag ausholte. Der Ort des traurigen Geschehens – das Haus der Winters, die Zufahrt in die seitlich angebaute Garage – lag ja ihrem Küchenfenster unmittelbar gegenüber, nicht wahr? Was der junge Beamte freundlich bestätigte, jawohl, sonst wäre er ja auch gar nicht hergekommen, und sicherlich, Frau Heinsel hätte eine ganz hervorragende Zeugin abgegeben, wäre sie daheim gewesen.

In der Haustür stehend, blickte Hildegard Heinsel dem davonfahrenden blau-weißen Streifenwagen nach, leicht besorgt, man könne ihre rein menschliche Anteilnahme mit Sensationslüsternheit verwechselt haben. Dann warf sie die Tür zu, etwas heftiger als nötig. Die verdammten Ravioli hatten ihr alles versaut! Bis sie im Nahkauf endlich an der Kasse gestanden hatte – ohne *irgendwelche* Eierteigtäschchen, weil sie sich nicht hatte entscheiden können –, hatte draußen bereits, noch weit entfernt, das Sirenengeheul eines Notarztwagens die dunstige kalte Herbstluft in Streifen geschnitten.

Da war schon alles passiert.

Nach dem Unfall waren Zeit und Welt für eine Weile aus den Fugen. Der Herbst verstrich, der Winter kam und ging mit einem schmuck- und freudlosen Weihnachtsfest, das Frühjahr ... Zum Sommerende, knapp sieben Wochen nachdem er aus dem Krankenhaus entlassen worden war, überraschte Felix seine Mutter im Wäschekeller, wo er ihr nüchtern, aber bestimmt ankündigte, sich ab jetzt anders zu nennen, nämlich Anders. Auf *Felix* werde er in Zukunft nicht mehr reagieren. Er verließ den Raum, ohne eine Antwort abzuwarten. Ein dünner Geruch hing ihm an, er zog ihn hinter sich her wie eine lange, schmutzige Schleppe, halb sommerlich, halb modrig ... der Fluss?

Melanie Winter, die Arme voller Buntwäsche, starrte Felix mit offenem Mund nach. Sie spürte, wie ihre Unterlippe zitterte. Sie versuchte, tief und regelmäßig durchzuatmen. Zuletzt schüttelte sie langsam den Kopf. Es war ein müdes, resigniertes Kopfschütteln, das nicht *Nein* bedeutete, sondern Kapitulation: *Er tut ja doch, was er will.* Inzwischen befürchtete sie, befürchtete es ernsthaft, dass jeder Versuch, ihren Sohn zu verstehen – diesen merkwürdigen Jungen, der sich, seit er wieder zu Hause war, ganz und gar nicht mehr wie ihr Sohn benahm –, zum Scheitern verurteilt war. Erst vorgestern hatte sie ihn vor dem Fernseher sitzen sehen und, weil das Bild komplett in Grautönen verschwamm, im ersten Moment geglaubt, Felix schaue sich einen uralten Spielfilm an, ganz gegen seine Art – eigentlich schaltete er immer bloß zwischen den Kanälen hin und her auf der Suche nach Dokumentationen über Natur, Geschichte, Kunst, Gott weiß was. Aber Felix hatte bloß die Farbe komplett heruntergeregelt. Farbiges Fernsehen, hatte er ihr ruhig erklärt, schmerze ihm in den Augen und zerstreue seine Aufmerksamkeit, es mache seinen Eltern doch sicherlich nichts aus, gemeinsame zukünftige Fernsehabende in Schwarz-Weiß zu verbringen? Schwarz-Weiß! Melanie Winter schob die Erinnerung beiseite und musterte besorgt ihre Buntwäsche. Wenn Felix bloß nicht irgendwann auf die Idee kam …

Anders.

Erst abends im Bett, in einem jener Momente kurz vor dem Einschlafen, wenn es ihr nicht mehr gelang, unangenehme Wahrheiten abzuwehren … erst abends im Bett ließ sie widerwillig den Gedanken zu, dass Felix nicht nur eine nachvollziehbare, sondern geradezu auch konsequente Entscheidung getroffen hatte: Dieser schreckliche, ganz und gar schreckliche Unfall hatte ihren Sohn verändert. Er *war* anders. Mehr hatte auch André dazu nicht gesagt, der die Neuigkeit zusammen mit dem Abendessen aufgetischt bekommen hatte und dem, falls sie sich nicht täuschte, sogar so etwas wie Erleichterung anzumerken gewesen war: Der Felix, den sie beide gekannt hatten, war verschwunden, dieser andere Junge, der jetzt in ihrem Haus wohnte, hatte sich einen passenden neuen Namen gegeben. Die Welt des neben ihr im Dunkel liegenden, gleichmäßig atmenden Mannes, wie ihre eigene zersplittert seit dem Unfall, hatte ein Stück Gleichgewicht zurückgewonnen. Das konnte nur gut sein. Aber es konnte sie nicht ernsthaft dazu bewegen, Felix bei diesem lächerlichen neuen Namen zu rufen; natürlich nicht.

Das war ihr letzter zusammenhängender Gedanke, bevor sie in einen Schlaf voller farbloser Träume glitt. Drei Minuten später erhob sich neben ihr André Winter, der geduldig darauf gewartet hatte, dass seine Frau ihrerseits ruhiger und flacher zu atmen begann, leise aus dem Bett. Er schlüpfte in seine Hausschuhe und schlich im Dunkeln am Kinderzimmer vorbei durchs Treppenhaus hinunter in die Küche. Im kalten Licht des geöffneten Kühlschranks ließ er zwei Würfel aus dem Eisfach in ein Glas klimpern, goss Milch und einen Schluck Schlagsahne darüber und verbrachte einige Minuten damit, durch den Wintergarten, über Rasen und Straße hinweg, gegen die dunklen Fassaden des Tauchmann'schen und des Heinsel'schen Hauses gegenüber zu starren. Schließlich trug er das Glas ins Wohnzimmer, gab aus einer Flasche auf der Anrichte einen guten Teil Wodka hinzu sowie, aus einer weiteren Flasche, einen ordentlichen Schuss Kaffeelikör und stürzte den eiskalten Drink in einem Zug hinunter.

Gut.

Dann eben Anders.

Abschließendes Ergebnis der polizeilichen Untersuchungen in der Unfallsache Felix Winter (Rohschrift des Protokolls zur Durchsicht an PK Claus Tauchmann, Leiter Ermittlungsdienst):

Um 11.15 Uhr des 11. Oktober beklagte sich Felix Winter bei seiner Klassenlehrerin über Schwindelgefühle und Übelkeit. Die Lehrerin, Sabine Rücker-Neufeld, entschied daraufhin, ihm die zwei letzten Unterrichtsstunden freizugeben. Eine Verständigung der Eltern (Handy, Sekretariat) zwecks Abholung lehnte Felix Winter mit der Begründung ab, er gehe lieber zu Fuß, die frische Luft werde ihm sicherlich guttun. Um 11.20 Uhr verließ er das Schulgelände.

Gegen 12.40 Uhr wurde Felix Winter von seiner Nachbarin Hildegard Heinsel erkannt, die ihm auf dem Weg zum Einkaufen entgegenkam. Der Junge habe auf sie einen abwesenden, sehr mit sich beschäftigten Eindruck gemacht. (Die Heinsel hat außerdem irgendwas erzählt bezüglich von ihr im Nahkauf nicht erstandener Eierteigwaren. Erschien mir unwesentlich, aber gehört das trotzdem ins Protokoll? Dann noch was mit Tigern und Löwen.)

*[Re: Teigwaren können draußen bleiben. Das Viehzeug auch.]*

Gegen 12.45 Uhr näherte Felix Winter sich seinem Zuhause in

der Ulmenstraße 17, wo sein Vater damit beschäftigt war, auf der rechten Breitseite des Walmdachs eine fünf Meter lange Lichterkette anzubringen. Es war der elfte Geburtstag seines Sohnes, die mit bunten Glühbirnen ausgestattete Kette, ergänzt um zwei jeweils daran befestigte Einsen (LHB 70 × 610 × 410 mm; je 19 Glühbirnen in den Gehäusen, einfarbig hell) sollte Felix Winter, wenn er aus der Schule nach Hause kam, überraschen. ~~Was sie dann ja auch tat.~~

*[Re: Keine dramatischen Ausschmückungen. Außerdem Leuchtmittel, nicht Glühbirne!]*

Die Lichterkette war unhandlich und schwieriger anzubringen als von André Winter vermutet. Die Einsen lagen unbefestigt rechter Hand von ihm auf dem abfallenden Walmdach. Wegen des Neigungswinkels Dachfirst/Dachkante ist von oben der unmittelbar ans Haus angrenzende Gartenteil nicht einsehbar. Man muss davon ausgehen, dass Felix Winter seinen Vater schon von weitem auf dem Dach gesehen hatte und, beim Haus angekommen, am Fuß der Leiter stehend, diesen rufen oder ihn ansprechen wollte, eventuell sogar zu ihm hinaufzuklettern vorhatte, aber nicht mehr dazu kam.

*[Re: Geht's auch etwas weniger verschnörkelt? Wurde der Neigungswinkel vermessen?]*

Laut André Winter kam eine Eins ins Rutschen, ohne dass er sie berührt hatte. Sehr langsam. Er sah sie über die Dachkante kippen und fallen. War dann erstaunt über das ausbleibende Krachen/Zerbersten und ging davon aus, die Eins sei unbeschädigt im Gras gelandet. Gleichzeitig hörte er das ihm bekannte Motorengeräusch des roten SUV-Ford Explorer der Familie, in dem Melanie Winter, begleitet von ihrer Nachbarin Susanne Walser (also Beifahrerin), von Besorgungen aus der Stadt nach Hause kam. Das Dach über die Leiter verlassen konnte André Winter zu diesem Zeitpunkt nicht, da ~~sogleich ebenfalls~~ die andere Eins ins Rutschen geraten war, die er mit gestrecktem Arm festzuhalten versuchte, was ihm auch gelang.

*[Re: Soeben gleichfalls]*

Felix Winter wurde von der linken Längskante der Eins schräg oberhalb des rechten Ohrs hinter der Schläfe getroffen. Der Aufprall brachte ihm eine oberflächliche, aber reichlich blutende Platzwunde von gut drei Zentimetern Länge bei (Gewicht der Eins: 3700 Gramm). Dass er nicht schrie oder nach seinem Vater rief, dürfte lt. Notarzt dem durch den Aufprall/Schlag hervorgerufenen Schock zuzuschreiben sein.

Ungeachtet seiner Verletzung bewegte Felix Winter sich ums Haus herum und an der Haustür vorbei auf die Garage zu, vermutlich, weil er das Motorengeräusch ebenfalls identifiziert, eventuell auch den Wagen erkannt hatte und zu seiner Mutter wollte. Melanie Winter nahm indessen schwungvoll die Einfahrt und steuerte auf die offen stehende Garage zu. Der Ford Explorer rammte ihren plötzlich auftauchenden Sohn an der linken Körperseite und schleuderte ihn zurück gegen die rechte Hauswand, wo er mit der bereits verletzten Schläfe gegen das Mauerwerk prallte (s. Anlage Fotos, Blutspuren). Felix Winter glitt an der Hauswand herab und blieb bewusstlos liegen. Die beiden Frauen verließen schreiend den Wagen. Der Vater kam hinzu und verständigte sofort den Notarzt. Diagnose vor Ort lautete auf schweres Schädel-Hirn-Trauma. Abtransport ins Unfallkrankenhaus zur Versorgung und weiteren Untersuchung erfolgte um 13.14 Uhr. Aktuell hat Felix Winter das Bewusstsein noch nicht wiedererlangt.

Das Koma, in das der Unfall Felix katapultierte, währte genau 263 schreckliche Tage. Und Nächte. André Winter, der Gott auf Knien dafür dankte, dass er ihm den Sohn zurückgegeben hatte, kam nie auf die Idee, diese Zahl genauer anzuschauen. Hätte er es getan, wären ihm möglicherweise zwei Dinge aufgefallen:

263 war eine Primzahl.

Es war außerdem exakt die Anzahl jener Tage, die seine Frau vor elf Jahren mit Felix schwanger gewesen war.

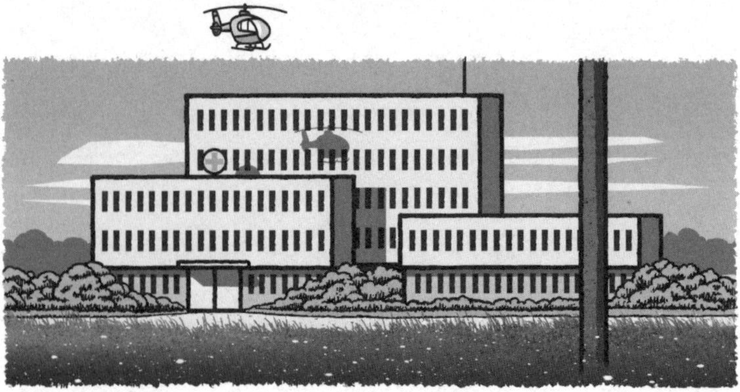

## 15. – 16. JULI

# WACH AUF, WACH AUF, WER IMMER DU BIST

Das Krankenzimmer besaß nur ein Fenster. Gerry Brückhausen stellte es eben auf Kippe, als unten im Hof ein gelber Ford Focus in einen der ausschließlich für Ärzte reservierten Parkplätze einscherte. Die Fahrertür schwang auf. Zwei schlanke Beine kamen zum Vorschein, die silbern verspiegelten Gläser einer Sonnenbrille blitzten auf, dunkelblonde lange Haare glänzten, und –

»Sie hat das geblümte Sommerkleid an!«, verkündete Gerry begeistert über die Schulter. »Weißt schon. Das blaue.«

Ehe er sich bremsen konnte, hatte er bereits gegen die Scheibe geklopft. Unbedacht. Er konnte nur hoffen, dass die schönste

Frau der Welt da unten sein Winken hier oben rein beruflich interpretierte: *Alles in Ordnung bei Ihrem Lieblingspatienten, Frau Doktor! Einen schönen Tag noch. Ach ja, und dieses Sommerkleid sollte in einem Krankenhaus nicht zugelassen sein. Es raubt jedem den Atem.*

Laura Wickert blickte zu ihm herauf, ohne den Schritt zu verlangsamen. Sie lächelte automatisch, als sie den kahlköpfigen Krankenpfleger erkannte, und winkte knapp zurück, bevor sie durch den Eingang zur Notaufnahme ins Gebäude verschwand.

»O Gott, wenn sie wüsste, wie sehr ich auf sie abfahre.« Gerry wandte sich um. »Hab ich dir jemals erzählt, wie sehr ich auf sie abfahre, Schneewittchen? Auf deine hübsche Nachbarin aus der Ulmenstraße?«

*Und haben wir, was das angeht, schon mal darüber geredet, wie ziemlich geistesgestört es ist, dass ich nur dir meine Geheimnisse anvertraue?*

Er trat an das Bett, das einzige in diesem Zimmer, und betrachtete den darin liegenden kleinen Patienten. Der Körper des Jungen zeichnete sich nur schwach unter der dünnen Bettdecke ab. Stecken gleich lagen die Arme auf der Decke, die Hände und Finger traurig schmal. Manchmal zuckte eine Hand über das Laken – kein ungewöhnlicher Reflex, vielleicht eine Art traumverlorene Erinnerung des Körpers daran, dass er irgendwann Kontrolle über all seine Bewegungen gehabt hatte.

Wie er es ungezählte Male im Lauf der letzten Monate getan hatte, studierte Gerry das eingefallene Gesicht in dem weißen

Kissen. Die rabenschwarzen Locken, aus denen die das EEG speisenden Drähte wie zusätzliche silberne Haare herauswuchsen. Die bleiche, fast gläserne Haut. Die unwirklich roten Lippen. Ewiger Schlaf.

Schneewittchen.

Keiner auf der Station wusste, wer damit angefangen hatte. Eigentlich peinlich unpassend für einen Jungen, hatte man im Aufenthaltsraum für das Pflegepersonal befunden. Aber dann auch wieder nicht, denn noch niemand hatte sich diesem Bild entziehen können, dem Schwarz und dem Weiß und dem Rot, gepaart mit dem totengleichen Schlaf. Und war es nicht ungerecht, dass in den Märchen stets nur die Mädchen klangvolle Namen hatten? Jungs kreuzten nur auf, um irgendein Dornröschen oder Rapunzel, ein Schneewittchen oder Aschenputtel aus irgendeinem Schlamassel zu befreien, blieben dabei selber aber namenlos. Okay, dafür waren sie häufig auch nicht bloß irgendwelche Jungs, sondern Prinzen.

*Trotzdem, sie sind Prinzen ohne Namen.*

»Weißt du, was ich mich schon als Kind immer gefragt habe?« Gerry schlug die Bettdecke zurück und überprüfte routiniert den Sitz und den Halt von Blasenkatheter und Magensonde. »Ich hab mich gefragt, warum so ein Prinz scharf auf eine Braut sein soll, die vorher blöd genug war, in einen vergifteten Apfel zu beißen. Oder die an eine tödliche Spindel gepackt hat, obwohl es ihr ausdrücklich verboten worden war. Ich meine, hallo? Was willst du mit so einer Braut?«

*Halt einfach die Klappe, Gerry! Dieser Junge wird womöglich niemals eine Braut haben. Kein Dornröschen, keine Ärztin. Er wird womöglich nie von einem Mädchen träumen, nicht mal von einem namenlosen. Also, halt die Klappe. Du machst ihn bloß traurig.*

Auch die Winters redeten mit ihrem Sohn. Sie kamen jeden Tag, häufig gemeinsam. Nach neun Monaten hatte ihre Besuchsdauer sich bei ungefähr einer halben Stunde eingependelt, während sie anfangs drei, vier Stunden bei ihrem Sohn gesessen hatten. Rechnete man die vier Stunden von damals gegen die halbe Stunde von heute auf, war den Eltern also, wenn man das so sagen durfte, ein Achtel Hoffnung verblieben. Die übrigen sieben Achtel waren Resignation, Ermüdung und Zermürbung zum Opfer gefallen. Und Angst. Es gab keine Rechnung ohne Angst.

Wenn die Eltern nicht redeten, hörten sie gemeinsam mit ihrem Sohn Musik. Eine kleine Soundbox stand auf dem Nachttisch, sie war gelegentlich eingeschaltet, auch wenn die Winters nicht zu Besuch waren, irgendein Radiosender oder Musik von einem Stick, größtenteils alte Hits der Neunziger, wie Gerry anfangs befremdet festgestellt hatte. Vermutlich hatten seine Eltern den Kleinen mit ihrer eigenen alten Lieblingsmucke angefixt, einer willkürlichen Mischung aus Pop- und Rocktiteln von Guns n' Roses, Madonna und dem fürchterlichen Gejaule der Kelly Family. Letztere hatte Gerry als Kind ebenfalls geliebt, auch wenn er eher gestorben wäre, als das zuzugeben. Kelly Family war für Mädchen.

Er checkte mit einem gründlichen Blick die Monitore. Zu heftige Ausschläge der Vitalfunktionen in die eine wie die andere Richtung würden von den Intensivgeräten mit entsprechenden Alarmtönen signalisiert, aber er ging trotzdem gern auf Nummer sicher. Alles okay. Der Blutdruck des Jungen war gewohnt niedrig, das EEG zeigte die üblichen, typisch lang gezogenen Delta-Wellenlinien an. Traumloser Tiefschlaf. Hoffentlich nicht für immer.

»Streng dich an, Schneewittchen.« Gerry legte seine warme Hand auf die kühle Hand des Jungen. »Und mach keinen Scheiß, verstanden? Ich hau jetzt ab in die Mittagspause.«

Er ging zum Waschbecken und drehte den Hahn auf. Er hatte gerade auf den Seifenspender gedrückt und streckte die Hände unter das laufende Wasser, als er spürte, dass etwas sich veränderte, und zwar exakt –

*Jetzt.*

Sein Magen krampfte sich ruckartig zusammen. Fahrstuhl. Der Nacken wurde ihm warm, als drückte erhitzter Atem dagegen. Er suchte das leere Zimmer hinter sich im Spiegel nach Bewegung ab, blickte in seine erschreckten Augen, gerade noch rechtzeitig, um zu sehen, wie die in warmem Goldbraun schwimmenden Pupillen zu winzigen Punkten zusammenschnurrten.

Er drehte sich ruckartig um und kniff die Augen zusammen.

Da war nichts.

Oder doch, da war ...

Da *wäre* ein Lichtreflex gewesen, aus Richtung des Bettes, ein

Aufblitzen, wo nichts war, das aufblitzen konnte. Hatte Felix die Augen geöffnet? Er hatte noch niemals, zu keiner Zeit die Augen geöffnet. Auch jetzt waren sie geschlossen. Zudem wäre jedwede Regung des Jungen von den Maschinen verraten worden, doch deren monotones Piepen hatte sich während der letzten Minute um keinen Deut geändert.

Gerry atmete tief ein und aus und befahl sich, nicht mehr zu zittern. Er wandte sich wieder um und wusch die Hände fertig, dann musterte er sich nachdenklich im Spiegel. Manche Leute bekamen von Anstrengung oder Übermüdung dunkle Ringe unter die Augen. Unter seinen Augen bildeten sich, bei derselben Beanspruchung, nicht dunkle, sondern helle Ringe. Er schüttelte seine Hände ab und kniff sich in beide Wangen, um etwas Farbe hineinzuzaubern. Gott bewahre, dass er mit diesem leichenblassen Gesicht Laura über den Weg lief.

Scheißschichtdienst.

Keine drei Fußminuten vom Krankenhaus entfernt lag der behäbig dahinströmende Fluss. Die schmale Straße dorthin querte die einspurigen Bahngleise und führte am alten Mühlengebäude vorbei zur hölzernen Obermühlsbrücke. Vor einigen Jahren war, im Rahmen einer Kunstaktion, Maschendraht entlang der Geländer befestigt worden, um das Anbringen von Liebesschlössern daran zu ermöglichen; einfache Vorhängeschlösser, eigentlich, auf die Pärchen ihre Namen gravieren ließen, um die Schlösser dann an der Brücke zu befestigen. Die romantischsten unter ihnen warfen die Schlüssel danach fort, manche direkt hinunter in den Fluss. Auf siebenundvierzig Schlösser kam Gerry im Vorübergehen. Magere Ausbeute. Bei seiner letzten Zählung, irgendwann im Frühjahr, waren es noch einundfünfzig gewesen. Bei vier Pärchen hatte es nicht für die Ewigkeit gereicht. Und überhaupt: zu wenig Liebe auf der Welt.

*Laura und Gerry. Das wär mal was.*

Breite Bohlen polterten leise unter seinen Schritten. Als Kind hatte er mit einem Freund bäuchlings auf dieser Brücke gelegen und kopfüber, mit an Stöcke gebundenen Magneten, unter dem Geländer hindurch, versucht, Alteisen aus dem Fluss zu angeln. Natürlich erfolglos, sah man von ein paar Kronenverschlüssen von Bierflaschen ab oder einer gelegentlichen rostigen Konservenbüchse. Jemand sollte nach Schlüsseln angeln, überlegte Gerry jetzt. Und nach den Schlössern.

Hinter der Brücke gabelte sich der Weg. Nach links knickte er ab zum Sportplatz und führte, kastanienbeschattet, daran vorbei, weiter in Richtung jenes kleinen Stadtteils – der einzige auf dieser Seite des Flusses –, in dem Schneewittchens unglückliche Eltern wohnten, plus, nicht zu vergessen, *la belle dame* vom geblümten Kleid. Folgte man dem Weg nach rechts, so gabelte er sich nach kaum fünfzig Metern erneut: Geradezu und abrupt bergan, vorbei an hinter blickdichten Hecken liegenden Wochenendgrundstücken und weitläufigen Pferdeweiden, ging es hinauf auf den bewaldeten Enzberg. Blieb man lieber im Tal und nahm die kleine asphaltierte Straße nach rechts, gelangte man schon bald in ein der Stadt vorgelagertes Auengebiet. Dort hatten Naturschützer den Fluss in sein gegabeltes, ursprüngliches Bett zurückgezwungen, auf einer riesigen Weide grasten Rinder, norwegische Ponys und ein gutes Dutzend Kamerunschafe.

Gerrys Ziel lag näher; unmittelbar hinter der Brücke, in einer kleinen Senke unterhalb des Weges, war eine Holzbank aufgestellt. Hier, im Schatten und Schutz eines großen Ahornbaums, saß fast nie jemand. Gerry nahm Platz, holte ein Sandwich aus seinem Rucksack, die Thermoskanne mit Tee – Minze – und atmete einmal tief durch. In einer knappen Stunde musste er zurück sein, noch diesen Freitagnachmittag sowie den Abend, dann war Wochenende. Das Wetter war grandios, bisher war der Sommer ein guter gewesen. Gerry begann zufrieden das Sandwich zu mümmeln und schaute über den Fluss. Das Wasser war kristallklar, seit zwei Wochen war kein Regen gefallen. Die Lahn war hier keine zehn Meter breit und kaum einen halben Meter tief, und das auch nur nach kräftigen Regenfällen. In trockenen Sommern zog sie sich so weit in ihr steiniges Bett zurück, dass man darüberspucken konnte. Genau das hatte er als Junge getan, auch hier hatte er mit Freunden gespielt, die Hosenbeine hochgekrempelt, war durchs Wasser gewatet, hatte mit zugespitzten Stöckchen nach Elritzen gezielt, wenn auch nie – wie auch, kein Mensch war so schnell – einen dieser flitzenden, flinken kleinen Fische getroffen. Und etwas weiter flussaufwärts ... Gerry schaute automatisch nach links. Dicht belaubte Weiden behinderten die Sicht, und dennoch spürte er, wie seine Kopfhaut sich zusammenzog.

Die Nixengrube. Oben bei den Schwarzerlen, wo die Lahn breiter war, wilder und tiefer. Ein Hohlraum im Flussboden, eine geologische Verwerfung, angeblich, oder bloß ein Spalt im felsigen Untergrund. Drei, vier Meter tief, angeblich, und dunkler als Mitternacht. Tödlich, angeblich, wenn man so dumm war, die steile Böschung zum Flussufer hinabzuklettern und sich dem strudelnden Wasser auch nur auf zehn Schritt zu nähern, denn dann kam sie, schoss aus dem tuschefarbenen Wasser heraus und holte dich: das Flussweib, ein Halbwesen, eine Nixe mit spitzen Fangzähnen und schwarzen Schuppen, Schuppen scharf wie Skalpelle, die um ihr vor langer Zeit von Fischern getötetes Kind trauerte. Immer wieder holte sie deshalb ein fremdes Kind zu sich herunter in die wässrige Tiefe, und dort weinte sie schon bald über einem neuen Leichnam dunkle Tränen aus kalten Augen, und in stürmischen Nächten streckte sie den Kopf aus den Fluten und sang ihr scharrendes, klagendes Lied. Die Drohung, ins Erler Loch geworfen zu werden, wenn man einem elterlichen Gebot nicht gehorchte, hatte ganze Generationen von kleinen Jungen und Mädchen mit Angst erfüllt. Womöglich funktionierte die Geschichte noch heute. Gerry schüttelte sich. Bei ihm hatte sie funktioniert.

Er nahm einen letzten Schluck Tee, bevor er den Rucksack packte und durch den Sommer, diesen prächtigen Sommer, über die polternde Holzbrücke zurück zum Dienst ging. Später an diesem Tag fragte ihn ein Reporter der lokalen Zeitung nach dem ersten Gedanken, den er gehabt hatte, als er auf dem Gang vor der Intensivstation die weinende helle Kinderstimme hörte, die laut seinen Namen rief. Gerry antwortete dem Reporter, er könne sich daran nicht erinnern, im ersten Augenblick sei da nur Ungläubigkeit gewesen, dann rasende Freude. Doch das war eine Lüge.

Gerry Brückhausen hatte an die schwarze Nixe gedacht.

*Bergwälder Landbote vom 16. Juli:*

# Ein Wunder in Bergwald

**Weit über die Grenzen unserer Stadt hinaus nahmen unzählige Menschen Anteil am Schicksal des kleinen Felix Winter. Im vergangenen Oktober, an seinem elften Geburtstag, fiel Felix nach einem tragischen Unfall ins Koma. Jetzt ist er daraus überraschend erwacht. Laut der behandelnden Ärztin, Dr. Laura Wickert, gab es keinerlei Anzeichen dafür, dass sich am Zustand des Jungen so plötzlich etwas ändern würde. Der Fall sei ein Wunder, wenn auch momentan noch ein Wunder mit Einschränkung. »Offenbar verfügt Felix über keine Erinnerung an die Zeit vor dem Unfall oder an den Unfall selbst«, so die Ärztin. »Eine solche retrograde Amnesie ist nicht ungewöhnlich und sollte rasch abklingen. Felix dürfte**

**schon bald wieder ein ganz normales Leben führen.« Die überglücklichen Eltern des Jungen eilten nach Erhalt der Nachricht sofort ins Krankenhaus. Ein ausführlicher Bericht sowie Interviews folgen in der morgigen Ausgabe des Landboten.**

Es gab drei Menschen in Bergwald, die jenen ersten Zeitungsartikel besonders aufmerksam lasen, mehr als flüchtig, und mehr als nur einmal. Diese drei Menschen waren eine Frau, ein alter Mann und ein Kind. Sie wohnten in verschiedenen Teilen der Stadt. Das Kind kannte sowohl die Frau als auch den alten Mann. Die Frau kannte lediglich das Kind. Der alte Mann wiederum kannte keinen der beiden. Und doch hatten sich, teils mit, teils ohne ihr Wissen, die Lebenswege dieser drei Menschen bereits berührt. In den kommenden Wochen nun sollten sie sich unaufhaltsam und endgültig miteinander verschlingen. Denn jeder der drei kannte Felix Winter.

Sabine Rücker-Neufeld saß auf dem Balkon, auf dem Tisch vor sich ein kühles Glas Sekt, das zum Ritus gehörte, mit dem sie den Tag der Zeugnisvergabe abschloss und zugleich den Beginn der Sommerferien begrüßte. Wieder ein Schuljahr um, das fünfundzwanzigste in ihrem Beruf, ein Vierteljahrhundert, Grundgütiger. Fünfundzwanzig Jahre Schüler, Eltern, Schulverwaltung; ein permanentes, unmöglich zu befriedendes Kriegs- und Krisengebiet. Um darin als Lehrer zu überleben, so hatte ein

Kollege es einmal formuliert, brauchtest du drei Dinge, genauer gesagt – ha, ha! – sogar vier: einen unbestechlichen Verstand, ein mitfühlendes Herz und Eier aus Stahl. Sosehr Sabine Rücker-Neufeld der bildhafte Rückgriff unter die Gürtellinie missfiel, so recht musste sie dem Kollegen heimlich geben. Ohne Weitsicht und Einfühlungsvermögen, gepaart mit einer guten Portion Durchsetzungskraft, war man in diesem Beruf, über kurz oder lang, zum Untergang verurteilt.

Es war später Mittag, die Sonne schien kräftig warm, aber die Luft war bewegt und frisch; Sabine trug eine dünne Strickjacke. Sie hatte mit ihrem Mann hier draußen angestoßen, bevor der sich seufzend auf den Weg zum Wochenendeinkauf gemacht hatte. Seitdem fiel ihr Blick, ob sie wollte oder nicht, immer wieder auf die aufgeschlagene Tageszeitung. Der kurze Bericht, dazu das Foto, das man beim *Landboten* hastig aus dem Archiv gekramt hatte: Felix Winter, breit lächelnd, im Sommerurlaub vor seinem Unfall. Natürlich hatte Sabine nicht erst heute von der Sache erfahren. Die Neuigkeit von der sensationellen Rückkehr Felix Winters ins Leben war gestern wie ein Steppenbrand über die Stadt hinweggefegt. Telefone hatten geklingelt und Handys vibriert, ungezählte Smartphones waren unter einem Lichtergewitter sich öffnender Gruppenchats aufgeflammt wie weihnachtliche Wunderkerzen. Als Sabine gegen fünfzehn Uhr ihr Sportstudio verließ, wie jeden Freitag um diese Zeit, wurde sie bereits von nicht weniger als siebzehn SMS erwartet.

Nachts dann hatte sie kaum ein Auge zugetan. Sie hatte

sich gegen ihren fest schlafenden Mann gepresst, erfüllt von einem Gefühl, das wohl, überlegte sie jetzt, schierem Glück und Erleichterung entsprungen sein mochte, jedenfalls war es ein linderndes, kühles Gefühl gewesen. Heute Morgen, beim Aufwachen, hatte sie es nicht mehr verspürt, aber Sabine hoffte, es möge wiederkommen und endlich den brennenden Vorwurf zum Erlöschen bringen, den sie sich selber seit zehn Monaten täglich neu machte, weshalb er wie Pech an ihrem Herzen klebte: dass sie Felix an jenem Oktobermorgen niemals, niemals allein nach Hause hätte gehen lassen dürfen. Dass sie darauf hätte bestehen müssen, seine Eltern telefonisch verständigen zu lassen, damit die ihren Sohn von der Schule abholten. Vor allem aber – und dagegen verblassten alle übrigen Selbstvorwürfe – hätte sie sich des Jungen bewusster annehmen müssen. Wacher. Einfühlsamer.

*Darf ich nach Hause? Ich fühle mich nicht wohl.*

Je weiter die Zeit seit dem Unfall vorangeschritten war, umso sicherer war sich Sabine geworden, dass Felix, als er sich bei ihr krankmeldete, nur vorgeschoben hatte, ihm sei schwindelig und übel. Er hatte blass ausgesehen, aber nicht krank. Eher ängstlich oder eingeschüchtert. Irgendwas musste zuvor in der Pause passiert sein, oder gleich zu Schulbeginn. Und er war dann ja auch nicht auf direktem Weg nach Hause gegangen, wie er es sicherlich getan hätte, wenn ihm wirklich schlecht gewesen wäre. Dieses Rätsel war bis heute nicht beantwortet: warum Felix den Umweg durch die Stadt gewählt hatte, zuletzt am Supermarkt vorbei (wo er seiner Nachbarin begegnet war), um dann über den kleinen Holzsteg die Lahn nach Hause zu queren, anstatt, nur wenige Hundert Meter von der Schule entfernt, den kurzen Weg über die Obermühlsbrücke und am Sportplatz vorbei zu nehmen. Nicht nur deshalb hatte Sabine die Klasse am Tag nach dem Unglück gefragt: ob gestern früh jemandem etwas aufgefallen war an Felix' Verhalten? Dreiundzwanzig Schülerinnen und Schüler hatten einhellig die Köpfe geschüttelt, unter ihnen Nisse Pallasch. Nisses Zeugnis fiel katastrophal aus; wenn sie je einen Problemfall an der Backe gehabt hatte, dann mit diesem Jungen. Das hatte sie allerdings nicht daran gehindert, ihn fair zu benoten. Ungeachtet persönlicher Sympathien oder Antipathien war Sabine Rücker-Neufeld grundsätzlich bereit, alles in die Waagschalen zu werfen, was diese zu Gunsten eines Schülers ausschlagen lassen konnte. Letzten Oktober allerdings ...

*Wisst ihr irgendwas?*

Nisses Unschuldsmiene, seine weit aufgerissenen Augen. Vielleicht zu weit aufgerissen. Sabine traute ihm nicht. Der Junge hatte eine gemeine Ader, aber unglücklicherweise schien Felix sich lange vor seinem Unfall mit ihm und seinem Kumpan – Ben Kantschuh – angefreundet zu haben. Am Morgen der Befragung jedenfalls, dem Morgen nach dem Unfall, war sie zu durcheinander gewesen, um Nisse zu einem Einzelgespräch zu bitten. Ebenso in den folgenden Tagen, doch da hatte sie bereits zu überlegen begonnen, ob der Drang, sich den Jungen vorzuknöpfen, nicht bloß daher rührte, dass sie mit ihrem eigenen Versäumnis nicht klarkam. Zu diesem Zeitpunkt wusste man noch nicht, ob Felix mit dem Leben davonkommen würde. Da lag er noch auf der Intensivstation. Zuletzt hatte Sabine entschieden, Nisse in Ruhe zu lassen.

*Etwas ging in ihm vor an diesem Morgen,* dachte sie fröstelnd und zog die Strickjacke enger um sich. *Ich hätte es herausfinden können. Aber womöglich ist mein Herz zu klein.*

»Ein beschissenes Wunder also, hm?«

Nisse hatte sich ungefragt auf Bens Bett breitgemacht. Die Beine untergeschlagen, starrte er mit krauser Stirn auf den Zeitungsartikel. Ben beobachtete ihn vom Schreibtischstuhl aus. Er wusste, was Nisse sah: Felix Winter, in irgendeinem Urlaub. Schwarze, lockige Haare. Die Haut bronzefarben, es war ja Sommer, und dennoch: Selbst wenn Felix lächelte, wie auf dem Bild, wirkte etwas an ihm kalt. Es musste an seinen Augen liegen. Sogar von einem Foto herunter, so einem billigen Zeitungsfoto, bestrahlte dich ihr eisiges Grau wie der Blick von irgendeinem Superhelden.

»Retrograde Amnesie«, sagte Nisse. »Wie lange hält so was an? Ist das verschieden?«

»Keine Ahnung. Soll ich in der Wikipedia nachgucken?«

Nisse machte eine wegwerfende, die Überprüfung auf später vertagende Handbewegung. Ben wusste, was sein Freund dachte. Jeden von dessen Gedanken hätte er Wort für Wort mitschreiben können, so genau wusste er es: dass es besser für Felix wäre, wenn seine Erinnerung da bliebe, wo sie sich zehn Monate lang versteckt gehalten hatte, nämlich in irgendeinem schwarzen Loch in seinem angeknacksten Gehirn. Denn falls er sich doch erinnern sollte ...

Nisse streckte einen Finger aus und fuhr damit dem lächelnden Gesicht auf dem Foto über die Lippen: *Pssst! Schlaf weiter, kleiner Felix!*

Den nächsten Strich zog sein Finger über den nackten, vom Sommer verbrannten Hals.

Der alte Mann musterte bekümmert den grün-weißen Hennenschiss, den Romy auf den Zeitungsartikel gekackt hatte. Nach dreiundsiebzig Jahren Erdendasein war Eckhard Stacks Erinnerungsvermögen nicht mehr das beste; speziell sein Kurzzeitgedächtnis verabschiedete sich gern mal in länger anhaltende Ferien. Doch wenn er sich richtig an den Wortlaut des Textes erinnerte, bedeckte der Hennenschiss jetzt die Worte *Amnesie* und *abklingen.* Und was den Winterjungen generell betraf, um den der Artikel sich drehte: An den erinnerte Stack sich sehr gut.

»Runter vom Tisch!«

Der Befehl wurde von einer wedelnden Handbewegung in Richtung Romy bekräftigt. Die Henne flatterte mit einem empörten Gack! über die Tischkante nach unten, unbeholfen, der Verkrüppelung wegen, um dann, ein rostrotes Federngewirr, stolz erhobenen Hauptes aus der Küche zu trippeln, über die Veranda hinweg in den dschungelartigen Garten. Stack sah ihr frustriert nach. Schlimm genug, dass dieses neurotische Geschöpf sich benahm, als gehörte ihm das ganze Haus. Noch schlimmer aber war, dass er selber es nicht übers Herz brachte, seiner gefiederten Mitbewohnerin strengere Grenzen zu setzen. Romy hatte Schreckliches durchgemacht, ein wenig Nachsicht war das Wenigste, was die Welt ihr schuldete. Trotzdem ...

*Kackvieh.*

Stack holte Küchenrolle, riss ein Blatt ab und wischte den Fleck von der Zeitung. Er studierte das zum Artikel gehörige Foto. Amnesie also. Spannende Frage: Ob der Winterjunge wohl noch wusste, was Stack ihm letztes Jahr beigebracht hatte? Im Nachhilfeunterricht?

Mathematik war der Schrecken fast aller Schüler dieser Welt. Stack selber hatte mit dieser Disziplin nie Probleme gehabt, jedenfalls nicht mit demjenigen Anteil, der von unmittelbar praktischem Nutzen war, für einen Ingenieur zum Beispiel, was der Beruf war, den er selber ergriffen hatte vor, Gott war sein Zeuge, bald einem halben Jahrhundert. Nachhilfestunden gab er weniger aus finanziellen Gründen. Stack hatte lange gearbeitet, in einem gut bezahlten Beruf, seine Rente fiel daher vergleichsweise üppig aus. Nein, er gab Nachhilfeunterricht, weil ihm der Job das Gefühl vermittelte, nicht zum alten Eisen zu gehören. Und er machte seine Sache gut, seine Schüler verbesserten sich im Durchschnitt um eine bis zwei Noten. So etwas sprach sich unter interessierten Eltern schnell herum, so waren auch die Winters auf ihn aufmerksam geworden, und so hatte irgendwann schließlich *sie* hier gesessen, in dieser Küche – die Fliederfarbene. Stack hatte sie auf Anhieb nicht gemocht. An ihrem Äußeren hatte es nicht gelegen. Kurze schwarze Haare, dezentes Make-up, ein blassviolettes Kostüm und ebenso violette Fingernägel, die sie, wann immer sie einer Äußerung Nachdruck verleihen wollte, auf der Tischplatte klackern ließ: Doch, Melanie Winter war hübsch.

*Aber geredet hat sie nur Blech.*

Ihr Sohn, führte die hübsche Frau aus, mochte ein durchschnittlicher Schüler sein – in Mathe hatte Felix eine Drei –, aber heutzutage war durchschnittlich nicht mehr gut genug, ein Befriedigend als Note geradezu indiskutabel, nicht wahr, klack-klack? So ein Quatsch, hielt Stack, durchaus streitlustig, dagegen, ein Kind, dessen Mathe-Zensur ein Befriedigend war, müsse seiner Meinung nach dieses Befriedigend nicht partout auch noch in ein Gut oder Sehr Gut verwandeln ... Melanie nahm seine Ansichten nur höflich zur Kenntnis, als handelte es sich dabei um ein in weiter Ferne vorbeiziehendes Gewitter, ohne sich wirklich darauf einzulassen oder sich davon beeindruckt zu zeigen. Im Gegenteil, in der folgenden Viertelstunde musste er sich einen offensichtlich schon oft gehaltenen Vortrag über Erwartungen an das Leben und an den Beruf – selber arbeitete die Fliederfarbene bei der städtischen Sparkasse –, über Ansprüche an sich und andere, über Leistungsbereitschaft und Anpassung, gesellschaftliche Gewinner und Verlierer anhören. Völlig unnötiges Getue. Und er beschloss, Felix Winter Nachhilfe zu geben, schon um ihn wenigstens dreimal die Woche für eine gute Stunde aus dem Dunstkreis dieser unangenehmen Person zu befreien, die das Schicksal ihm als Mutter untergejubelt hatte. Sozusagen als erzieherisches Gegengift.

Stack betrachtete erneut das Foto neben dem Zeitungsartikel. So jung, das Kind, so jung ...

*April und Mai und Julius sind ferne ...*

Als freundlich hatte er sich dann herausgestellt, der kleine Felix, der weder dumm war noch ein Überflieger, wenig interessiert an Sport, eher Büchern zugewandt – hauptsächlich Fantasy, wie er Stack sehr viel später anvertraute, doch diese Geschichten las er nur direkt in der Stadtbibliothek, bei ihm daheim waren solche Bücher nicht gern gesehen. Er lernte langsam, aber er machte Fortschritte. Als der durchschnittliche Junge seine erste Mathe-Zwei schrieb, schenkte der alte Mann ihm einen Fantasyroman aus der Wühlkiste beim Buchhändler.

»Amnesie und überglückliche Eltern, hm?« Stack faltete die Zeitung zusammen und legte sie neben den Herdofen. »Ich sag dir was, Winterjunge: Bleib besser noch eine Weile dort in deinem Kopf, wo du niemanden kennst und wo niemand hinkommt. Vor allem nicht deine ehrgeizige Mutter.«

## 12. AUGUST
# FESTUNG

Nach einer ganzen Reihe medizinischer und psychologischer Tests stand fest, was Gerry Brückhausen schon am ersten Tag unterschrieben hätte: dass Felix Winters Verstand so klar und so hell war wie das Wasser eines Gebirgsbaches im Frühling. Keine bleibenden Schäden, sah man von seinem erloschenen Erinnerungsvermögen ab. Das glänzte, entgegen Laura Wickerts früheren optimistischen Einschätzung, auch als vier Wochen nach seinem Erwachen die Entlassung des Patienten anstand, immer noch durch Abwesenheit: Sein eigener Name war dem Jungen so fremd wie der Name der Stadt, in der er lebte.

Irgendwann in der zweiten Woche hatte der Gebirgsbach, wenn auch nur vorübergehend, an Klarheit verloren. Da hatte Gerry einen Streifen Licht aus der angelehnten Tür des Krankenzimmers in den Gang fallen sehen, um drei Uhr nachts war das gewesen, der Kleine schien, seit er aus dem Koma erwacht war, nicht mehr schlafen zu wollen. Gerry betrat das Zimmer und sah ihn vor dem Spiegel beim Waschbecken stehen, mit beiden Händen sein Kindergesicht betastend, den unbekannten bleichen Jungen musternd, der seine Muskeln umhüllte, sein Blut, seine Gedanken. Felix ließ, sobald er ihn bemerkte, langsam die Hände sinken. Er schaute Gerry aus zusammengekniffenen Augen im Spiegel an. Gerry konzentrierte sich so sehr auf diesen schwarzgrauen Blick, dass er die eigene Reflexion nur als verwaschenen Fleck wahrnahm, seinen kahlen Kopf als milchigen Mond hinter den Schultern des schmächtigen Jungen.

»Du leuchtest«, sagte Felix.

Gerry spürte, wie sich unwillkürlich sein Mund verzog. Er biss sich auf die Lippe. Es war nicht gut, wenn Felix sich ausgelacht fühlte.

»Ich leuchte?«

Ein gleichgültiges Nicken. »Blau.«

»Ich leuchte blau?«

Noch ein Nicken.

»Du meinst ... von innen heraus? Wie eine Glühbirne?«

»Nein. Außen herum.«

»Verstehe. Und Blau magst du?«

Felix entließ ihn aus dem Spiegelblick und drehte sich zu ihm um. Er legte den Kopf halb in den Nacken und blickte schräg nach oben, gegen die Zimmerdecke, als schwebte dort irgendwo eine zu Gerrys Frage passende, farbige Erinnerung. Schließlich sagte er:

»Ja. Bestimmt könnte man die Hand reinhalten, ohne sich zu verbrennen.«

»Verstehe«, hatte Gerry noch einmal gesagt. Und er hatte gedacht, *kein Wort*. Und später hatte er das blaue Leuchten einer gereizten Netzhaut zugeschrieben – wer wusste schon, wie lange der Junge unter der blendenden Lampe des Spiegels gestanden haben mochte. Und noch später hatte er den Vorfall vergessen.

Dank intensiver täglicher Krankengymnastik kam Felix zwar körperlich überraschend schnell zu Kräften, dazu trug auch sein fast beispielloser Appetit bei. Ansonsten aber saß er, oder lag er, oder hockte er Tag für Tag auf seinem weiß bezogenen Bett vor einer weiß getünchten Wand, den Blick in ein ebenso weißes Nirgendwo gerichtet, so dass am Ende eines jeden Tages Dr. Baumgart, dem betreuenden Psychologen, jeweils nur ein sehr müdes Achselzucken oder ein auf den nächsten Tag verweisendes Kopfschütteln blieb. Gerry war dabei, und Laura, und sein Herz pochte in ihrer Nähe, als Baumgart den Winters erklärte, ihr Sohn könne zwar spielend Konzepte erinnern, sei jedoch nach wie vor außer Stande, diese mit emotional besetzten Inhalten zu füllen oder mit ihm bekannten Menschen zu verknüpfen. Konkret bedeutete das: Der Patient wisse zwar, was eine Familie war, habe aber keinerlei Vorstellung von seinen Eltern – als ob sie das nicht längst gemerkt hätten, dachte Gerry. Ebenso wenig könne Felix sagen, ob er Einzelkind sei oder ob er Geschwister habe. Man müsse ihm nicht erklären, was eine Schule war, aber die Erinnerung an Lehrer und Mitschüler sei anscheinend ebenso vollständig ausgelöscht wie die an Lieblingsfächer, ausgenommen Mathematik – die entsprechenden Tests waren glänzend ausgefallen, hatte Felix Winter eine Vorliebe für Mathematik?

Auffallend war, darauf wies Baumgart gesondert hin, dass Felix immer wieder unvermittelt die Aufmerksamkeit verlor. Das war Gerry nicht verborgen geblieben. In der Regel war Felix ein höflicher Zuhörer, auch wenn er so gut wie nie ein Lächeln erwiderte. Aber ab und an musterte er Gerry aus beunruhigend kalten Augen, deren Grau sich urplötzlich eintrübte. Dann schien Felix blitzschnell in sich selber zu versinken, wie ein sehr schwerer Stein in tiefes, schwarzes Wasser, dunkler als Mitternacht.

*Wie in die Nixengrube.*

Gerry Brückhausen gestand es sich selber nur ungern ein, dass er Felix zwar mochte, ihn aber gleichzeitig als ein wenig unheimlich empfand. Aus dem hilflosen, ewig schlafenden Schneewittchen (aber niemand mehr, Gerry eingeschlossen, nannte ihn jetzt noch laut Schneewittchen) war ein Junge mit einem Getriebe im Schädel geworden. Oft wenn er draußen auf dem kleinen Balkon reglos in der Sonne saß, den Kopf auf diese inzwischen typische Art halb im Nacken, machte er auf Gerry den Eindruck, als lauschte er tief und konzentriert in sich hinein. Als klicke und klackere da in ihm, in einer absoluten Dunkelheit und hörbar nur für ihn, ein Räderwerk, das Hunderte Schalter, Riegel und Kontakte in Übereinstimmung miteinander zu bringen versuchte, oder als suchte ein Millionenheer rasender winziger silberner ... Dinger ... in seinem Kopf nach den Myriaden zerstreuter Bruchstücke seines Gedächtnisses, die vor dem Unfall seine Persönlichkeit ausgemacht hatten.

»Verrätst du mir was zum Abschied?«, fragte Gerry ihn am Morgen seiner Entlassung auf dem Balkon. Felix, noch im weißen Morgenmantel, saß auf seinem Korbstuhl und starrte über das Balkongeländer den Berg hinauf zum Schloss. *Das ja eigentlich eine Festung war,* dachte Gerry. Er runzelte die Stirn, irritiert davon, wie sich dieser Gedanke in seinem Kopf breitmachte. Für einen sehr kurzen Moment hatte er sogar das Gefühl, sich in seinem eigenen Kopf zu befinden und dabei zuzusehen, wie die Buchstaben sich aneinanderfügten:

F – E – S – T – U – N – G

So hatte er als Kind das Schreibenlernen empfunden.

»Was denn verraten?«, hörte er Felix fragen.

»Hm? Ach so ... genau. Sag, an was denkst du eigentlich so, wenn du hier draußen bist? An irgendwas Bestimmtes?«

»Meistens denke ich an gar nichts«, antwortete Felix, ohne den Blick von dem jahrhundertealten Gemäuer abzuwenden.

»Und manchmal denke ich an den Geschmack von roter Musik.«

»Rote Musik, hm?« Wie schon neulich nachts vor dem Spiegel biss Gerry sich auch jetzt wieder auf die Lippe. Felix hatte manchmal wirklich schräge Einfälle. »Ist die besonders rockig, oder was?«

»Nein. Sie ist einfach nur rot.« Felix hob eine schmale, weiße Hand und machte damit eine merkwürdig winkende Bewegung, als wolle er etwas wegwerfen. »Weißt schon. So wie du blau bist.«

»Blau, hm?« Gerry grinste und reichte ihm eines der Rätselhefte, die er, jede Woche ein neues, vor allem während seiner Bereitschaftsdienste ausfüllte. »Hier. Ein paar habe ich schon gelöst, aber es sind noch genug gute Sachen übrig. Sudoku und so.«

»Danke«, sagte Felix. »Auch alle Logikrätsel?«

»Logisch.«

Felix stand auf. Das Rätselheft raschelte, als er ein paar der von Gerry beschriebenen Seiten betrachtete. Mit einem feinen Lächeln – es mochte aber auch bloß ein kurzes Zusammenspiel von Licht und Schatten gewesen sein – legte er das Heft auf dem Sessel ab. Er umfasste mit beiden Händen das Geländer, spuckte knapp darüber, fast senkrecht hinunter, blickte der Spucke nach …

»Ich hab Angst«, sagte er, ohne Gerry dabei anzusehen. »Ich hab Angst davor, mich nicht zurechtzufinden, wenn ich draußen bin. Woher weiß ich, ob irgendwas richtig oder falsch ist? Wenn keiner da ist, den ich fragen kann, meine ich.«

»Ach, Junge.« Gerry war, als legte sich ein eiserner Ring um sein Herz. »Es gibt nicht immer Richtig und Falsch. Manchmal muss man abwägen. Für sich selber entscheiden.«

Felix starrte weiter nach unten. »Und wenn man sich dabei vertut?«

»Na, dann ändert man seine Meinung. Denkende Menschen ändern ihre Meinung, das ist so. Ab und zu muss man Dinge neu überlegen. Vor allem dann –«

»– wenn man neue Informationen erhalten hat?«

»Yep.«

Felix federte nach oben. Er wandte sich Gerry zu. Er strahlte, seine grauen Augen leuchteten. Jetzt war er glücklich, dachte Gerry, ein glücklicher kleiner Junge.

Das Räderwerk lief wieder störungsfrei.

»Jetzt geht alles weiter«, sagte Melanie halblaut auf dem Weg zum Parkplatz. André erwiderte ihr zufriedenes Lächeln. Felix lief zwischen ihnen, die eine Hand in der seinen, die andere in der von Mellie. Sein Griff war angenehm trocken und warm. Er musste Mellie gehört haben, natürlich hatte er sie gehört, aber er reagierte nicht. Vielleicht fragte er sich, ob diese beiden Fremden, die ihn bei der Hand genommen hatten und gleich mit ihm davonfahren würden, wirklich seine Eltern waren. Da konnte ja jeder kommen ...

Auch die Heimfahrt verlief schweigend. André steuerte den Wagen, einen schwarzen VW Touareg. Melanie hatte vergangenes Jahr sofort darauf gedrängt, den Unfallwagen auszutauschen. Selber hatte sie den Explorer sowieso nicht mehr fahren wollen, und Felix sollte ihn auf keinen Fall jemals wieder zu Gesicht bekommen. Die Neuanschaffung – und die neuen Schulden –, überlegte André jetzt, hätten sie sich sparen können. Vor dem Einsteigen hatte Felix den Wagen keines weiteren Blickes gewürdigt.

Jetzt saß er angeschnallt hinter dem Beifahrersitz. André schaute in den Rückspiegel, ihre Blicke trafen sich. Erleichtert sah André ein schwaches Lächeln. Wenigstens würde Felix sich nicht wie ein Entführungsopfer aus dem fahrenden Wagen werfen.

»Alles okay da hinten?«, sagte er.

Felix nickte, dann schaute er zum Fenster raus. Bisher hatte er nichts, rein gar nichts von dem in Frage gestellt, was ihm erzählt worden war. Und soeben hatte er den einzigen Ort verlassen, den er kannte, um zwei fremde Menschen in ein fremdes Zuhause zu begleiten – dieselben Menschen, die ihm zukünftig erklären würden, was er tun und lassen sollte, was richtig und falsch, was gut und was schlecht für ihn war. Wie würde er damit klarkommen? Schwer zu sagen. Der alte Felix hatte selten für oder gegen etwas Stellung bezogen.

»Denkst du an den Bäcker?«, sagte Mellie.

»Klar.«

Er fand sofort einen Parkplatz.

»Irgendwas Besonderes, Felix?«, sagte Mellie. »Nussecke?«

»Die hab ich immer gemocht.«

»Du ... ja, genau!«

Für einen Sekundenbruchteil war auch André darauf reingefallen. Aber was Felix gesagt hatte, war kein Erinnern. Es war lediglich eine Feststellung gewesen, oder eine Frage ohne Fragezeichen.

»Versuchen würde ich sie auf jeden Fall«, sagte er jetzt.

»Warum kommst du nicht mit?«, sagte Mellie.

»Gern«, sagte Felix.

André wollte einwenden, dass Felix in der Bäckerei womöglich angestarrt würde, aber er verschluckte den Satz. Auf Dauer konnte man ihn vor der Welt nicht verstecken, und wozu auch? Je früher alle ihn gesehen hatten, je früher die kleinstädtische Neugier befriedigt war, umso eher würde Normalität einkehren. Und sollte irgendwer sich als zu aufdringlich erweisen, dumm glotzen oder einen unpassenden Kommentar abgeben, bekam er es mit Melanie zu tun.

*Genau. Und Friede seiner Asche.*

André schaute Felix und ihr nach, wie sie die Bäckerei betraten. Mellie würde die nächsten Tage und Wochen genauso im Blick behalten wie einen schon längst von ihr fixierten Zeitpunkt in ... na, wo in etwa? In einem halben Jahr? Und niemals, niemals würde sie ihr Ziel als solches aus den Augen verlieren, geschweige denn es in Frage stellen. Eine Zukunft, von

Melanie Winter entworfen, stand so fest und unabänderlich wie aus Stahlbeton gegossen. Auf ihre zielstrebige Unbeirrbarkeit würde er sich blind verlassen können. Mellie war immer verlässlich. Berechenbar und geradlinig. Verbissen. Langweilig.

Die Worte waren plötzlich da.

*Dann sag sie ihr doch. Was du dann erlebst, dürfte so ziemlich das Gegenteil von langweilig werden.*

Die Sache mit Felix würde Mellie vor ein paradoxes Problem stellen. Sie wollte, dass ihr Sohn haargenau wieder der wurde, der er vor dem Unfall gewesen war. Was nicht schwierig sein würde, sobald Felix sich erinnerte. Aber *damit* er sich erinnerte, galt es Regeln zu beachten, die Dr. Baumgart ihnen aufgetragen hatte:

»Behandeln Sie Ihren Sohn normal. Geben Sie ihm Zeit, Sie kennenzulernen, vermitteln Sie ihm Vertrauen. Sie werden den Alltag mit ihm neu lernen müssen, aber nutzen Sie dabei sich bietende Gelegenheiten, ihn in die Spuren seines alten Lebens zurückzusetzen: familiäre Rituale, Nachbarschaft, Schule natürlich, die Sommerferien sind wann vorbei – in drei Wochen?«

André hatte genickt. Mellie würde erst nicken, wenn der Psychologe seine Liste abgearbeitet hatte. Oder sie würde den Kopf schütteln.

»Erschrecken Sie nicht, wenn Felix sich in bestimmten Situationen anders verhält, als Sie erwarten – manche unserer Verhaltensweisen sind nur erlernt, womöglich hat Felix sie vergessen. Sie müssen sich darauf einstellen, dass er in mancherlei Hinsicht anders wird.«

Ah, und das war der Knackpunkt gewesen: Tu alles, damit Felix sich erinnert – dann wird vielleicht alles wieder so, wie es war. Doch damit er sich erinnert, musst du ihm Freiheit gewähren, die Freiheit, ein anderer zu werden.

Bisher hatte Melanie weder Zustimmung noch Ablehnung signalisiert. Dr. Baumgart war noch nicht fertig.

»Vor allem aber«, fuhr er jetzt fort, »konfrontieren Sie Felix nicht zwanghaft mit Gegenständen, Fakten oder Orten, von denen Sie hoffen, dass sie seinem Gedächtnis auf die Sprünge helfen. Meiden Sie alles, was ihn überlasten könnte. Ihr Sohn wirkt ruhig. Aber er ist über die Maßen nervös.«

André hatte ebenso überrascht dreingeschaut wie Melanie.

»Über die ... nervös?«, hatte Mellie gesagt. »Er ist doch immer ganz ruhig. Ich finde, er ist schon fast beängstigend ruhig.«

»Ich sage ja, er wirkt ruhig. Aber in diesen stillen Phasen ist er nicht wirklich ruhig, sondern damit beschäftigt, alle möglichen Eindrücke – und vergessen Sie nicht, noch ist alles und jeder ihm neu und fremd – zu sondieren und einzuordnen. Sie verstehen?«

Mellie hatte genickt. Sie hatte verstanden. *Jetzt geht alles weiter.* Der Satz war Wunsch und Gebet zugleich gewesen, und außerdem eine Drohung, eine Warnung an alle Götter und Schicksalsmächte, Melanie Winter nicht in die Quere zu kommen, wenn es um ihre eigene und die Zukunft ihres Kindes ging.

Plötzlich fühlte André sich ausgeschlossen. Er spähte aus dem

Wagen quer über die Straße. Hinter dem Schaufenster standen noch zwei oder drei andere Parteien vor Mellie und Felix. Eine ältere Frau redete lächelnd mit Mellie und musterte dabei Felix intensiv von der Seite, von ihm unbemerkt – er stand direkt vor dem gläsernen Tresen und betrachtete die Gebäck- und Kuchensorten. Was würde er nehmen?

*Genau, André, sag doch mal: Was wird er wohl nehmen? Tatsächlich die Nussecke? Oder doch eher Kirschplunder? Gefüllten Bienenstich? Du bist dir nicht sicher, hm, André? Gib es zu: Eigentlich hast du nicht den Schimmer einer Ahnung davon, was dein Sohn mag.*

Nun, immerhin wusste er, was Felix nicht mochte. Autos zum Beispiel, fast schon generell technisches Zeugs. Fußball – Felix hatte für den ortsansässigen Verein so wenig übrig wie für irdendeinen A- oder B-Bundesligisten. Das Radfahren, das André wenigstens zwei Mal die Woche durchzog, lange Strecken, bei Wind und Wetter, ein Sport, von dem er gehofft hatte, Vater und Sohn könnten ihn gemeinsam unternehmen: Fehlanzeige.

*Danke, Herr Winter, danke! Sie haben dem Publikum jetzt erklärt, was Felix* nicht *mag, nämlich all den Scheiß, für den Sie ihn jahrelang nur deshalb zu interessieren versucht haben, weil er Sie selber interessiert. Aber was mag Felix wirklich, woran hängt sein Herz? Nennen Sie dem Publikum fünf Hobbys Ihres Sohnes, Herr Winter, und gewinnen Sie eine Traumreise nach Alaska!*

*Fünf Hobbys? Das ist einfach. Das ist cool. Ich sag mal:*

*1) Entdecker. Felix liebt Bücher und TV-Sendungen über Entdecker.*

*Magellan, da Gama, Scott und Amundsen ... mein Sohn kennt die alle. Ich behaupte mal: sogar mit Vornamen [Publikum lacht].*
*2) Fantasy-Scheiß, auch wenn er den meistens direkt in der Bibliothek liest, das weiß ich von Frau ... na, wie auch immer die Bibliothekarin heißt. ‚Alte Petze'? [Vereinzelte Lacher]*
*3) Natur. Hauptsächlich Vögel, glaube ich. Singvögel. In Deutschland gibt es zum Beispiel sieben Meisenarten. Haben Sie das gewusst? Felix weiß so etwas. Er hat's mir gesagt, ich hab's mir behalten. Das gute Gedächtnis hat er von mir. Was? Ja, nee, klar. Aktuell natürlich nicht. Ja, eine unschöne Sache. Ähm ...*
*4) Zählt Essen dazu? Ist Schokoladeneis ein Hobby? Nein? Vanille? Hey, war nur ein Scherz, ich meine ...*
*5) ... [Unruhe im Publikum]*

*Tut uns* sehr *leid, Herr Winter, die Zeit ist um. Das war's dann mit der Reise nach Alaska! Aber das heißt natürlich nicht, dass damit auch für Alaska der Winter ausfällt, hm?*

Das Grölen des Publikums begleitete André bis nach Hause.

Er parkte den Wagen unmittelbar vor der Garage und entriegelte den Kofferraum; alles sollte schnell gehen, so schnell wie möglich, damit Felix seine Ruhe hatte. Sie hatten keinem Nachbarn, niemandem aus der Verwandtschaft erzählt, dass er heute aus dem Krankenhaus kam, und das Glück schien ihnen hold zu sein, keiner hatte sie ankommen sehen, obwohl man natürlich bei der alten Heinsel nie wissen konnte, womöglich stand sie gerade wieder hinter irgendeiner Gardine.

»Willkommen daheim, Schatz«, sagte Melanie, noch vor dem Aussteigen.

Felix, der sich die Nase am Fenster platt gedrückt hatte, nickte anerkennend. »Es gefällt mir. Das Haus. Ich hab's mir kleiner vorgestellt.«

Melanies Lächeln kippte um den Bruchteil eines Millimeters.

»Also, wir bewohnen nach wie vor bloß das unterste und das mittlere Stockwerk«, sagte André. »Das obere ist immer noch nicht fertig renoviert.«

»War es alt? Oder kaputt?«

»Nur alt. Und, klar, schon, sanierungsbedürftig. Der ehemalige Besitzer lebt in England. Hatte als Kind selber hier gelebt, aber nur kurz, glaube ich. Die ganze Familie ging dann weg. Später hat er es vermietet.«

»Und seit wann wohnen wir hier?«

»Seit zwölf Jahren. Wir haben es gekauft, bevor du auf die Welt kamst.«

André gefiel die kleine Unterhaltung. Sie hatte den Anstrich von Normalität. Und wäre normal gewesen mit jedem anderen Menschen, ausgenommen seinem Sohn. Dennoch ...

»Es gefällt mir«, wiederholte Felix. »Sehr.«

»Gut zu hören«, sagte André und versuchte ein Grinsen. »Ich war mir da bei dir nie sicher.«

Felix lächelte dünn zurück. Dennoch konnte André kaum den Impuls unterdrücken, laut jubelnd auf die Straße zu stürmen und *Tooooor, Tooooor!* zu schreien.

Das kleine Hochgefühl erfüllte ihn immer noch, als er, die große Sporttasche voller Klamotten unterm Arm, Mellie und Felix ins Haus folgte. Es war fast schon merkwürdig, überlegte er, dass so viele jener Menschen, die auf die eine oder andere Art direkt von dem Unfall berührt worden waren, nicht nur in der Ulmenstraße lebten, sondern sich sogar eng, halbkreisartig, ums Haus der Winters scharten: Hildegard Heinsel von schräg gegenüber war Felix am Unglücksmorgen nahe dem Supermarkt entgegengekommen. Und diese Frage harrte noch immer einer Antwort: Warum hatte Felix am Unglückstag diesen von der Schule aus gerechnet unsinnigen, weil so viel weiteren Weg nach Hause genommen? Claus Tauchmann von der Bergwälder Polizei, der im Fall Winter die Ermittlungen geleitet hatte, wohnte ebenfalls gegenüber, links von der Heinsel, wenn man rüberschaute. Und auf der eigenen Seite, unter Einbehaltung der Blickrichtung, wohnte links von ihnen Laura Wickert in dem Haus, das sie vor zwei Jahren vom alten Markowski erworben hatte (der Autohändler, bei dem sie den Explorer gekauft hatten), und rechts Susanne Walser (in der Wohnung über oder unter ihren Eltern, das hatte er vergessen), die bei dem Unfall mit Melanie im Explorer gesessen hatte.

Plötzlich ging André auf, dass Felix sich jetzt an keinen dieser vier Menschen erinnern konnte, sah man von Laura Wickert ab, aber die hatte er sozusagen erst kürzlich kennengelernt, als seine Ärztin. Als Nachbarin kam sie in seiner Erinnerung nicht vor. Dachte man genauer darüber nach, so war es geradezu beängstigend, dass die Welt sich komplett neu erfinden konnte, wenn ihr danach war, ohne dass Felix davon etwas bemerken würde. Da war nichts und niemand, gegen den er zuverlässige, über die wenigen Jahre seines jungen Lebens hinweg gewonnene Informationen abgleichen konnte. Auf gewisse Weise – und André war bei dem Gedanken, als würde etwas Kaltes, Graues durch seine Adern kriechen –, auf gewisse Weise war sein Sohn schutzlos wie ein Neugeborenes. Sein Geist war vollkommen nackt. Andererseits ...

*Andererseits kannst du die Amnesie auch als Geschenk betrachten. Denk doch bloß: Du kannst dich ebenso neu erfinden. Eurer Verhältnis zueinander. Kannst noch mal von vorn anfangen mit Felix, gutmachen, was du verbockt hast, deinen Sohn als den kennenlernen, der er wirklich ist ... falls er dich lässt. Wer bekommt schon eine solche Chance?*

Im Haus war dann plötzlich alles anders, und André fand zunächst nicht heraus, warum. Fest stand, dass das ihn eben noch bis in die letzte Zelle erfüllende Hochgefühl versickerte, als würde es von den Ritzen im Parkett zu seinen Füßen eingesogen. Während Mellie den Esszimmertisch eindeckte und sich, weil sie das noch vor dem Kaffeetrinken erledigt haben wollte, der schmutzigen Wäsche aus der Sporttasche widmete, brachte André Felix nach oben. Das abrupte Umschlagen seiner Stimmung war wohl einer enttäuschten Erwartungshaltung zuzuschreiben, denn da war natürlich die heimlich gehegte Hoffnung gewesen, Felix würde das Haus, sein Zimmer betreten, auf irgendetwas aufmerksam werden – den Esszimmertisch, Action-Figuren, ein bestimmtes Buch in seinem Regal, seine vor dem Bett abgestellten alten Turnschuhe – und die Blockade in seinem Kopf würde sich lösen, sein Gedächtnis ihn überfluten.

Aber natürlich geschah nichts dergleichen. André drückte die Tür auf, sie betraten das Zimmer. Alles war genau so, wie Felix es letztes Jahr hinterlassen hatte an jenem Tag, der in seinen Unfall gemündet war. Lediglich das Bett war frisch bezogen. Star Wars. Klonkrieger.

*Hey, Moderator! Dass er auf Clone Wars abfährt, hab ich gewusst, hatte aber nicht daran gedacht. Könnten wir das vielleicht noch als Punkt Nummer fünf ... nein? Ach, leck mich!*

Alle Wände waren mit Postern bepflastert, auf denen Anakin Skywalker, Obi Wan Kenobi und ihre Jedi-Mitstreiter die Laserschwerter schwangen. André hatte in der Zeit seit dem Unfall jeden einzelnen Teil der TV-Serie aufgezeichnet, um Felix nach dessen Rückkehr damit zu überraschen; diese Überraschung stand noch aus. Genau wie das letztjährige Geburtstagsgeschenk, ein Spiegelteleskop für Einsteiger, das Mondkrater plastisch abbildete, grobe Strukturen auf Jupiter und Mars gut erkennen und, immerhin, nahe Galaxien etwas mehr als erahnen ließ. Es würde sich herausstellen, ob Felix mit dem Instrument etwas anfangen konnte; einen konkreten diesbezüglichen Wunsch hatte er nie geäußert, aber über seinem Schreibtisch prangte, seit die Familie vor zwei Jahren eine Nachtwanderung über einen Planetenpfad mitgemacht hatte, eine Sternkarte. Erfreulicherweise, hatte

Mellie irgendwann letztes Jahr noch konstatiert, war es wenigstens eine Karte von ihrer eigenen Galaxie, der klonkriegerfreien Milchstraße.

Genauso wenig wie mit Science-Fiction konnte sie was mit den Hundepostern anfangen. An die zwanzig hingen an den Wänden, alle möglichen Rassen, die meisten groß, glattes Fell, lieber braun als schwarz, hell ging schon gar nicht. Was hatte Felix ihnen vergangenes Jahr in den Ohren gelegen mit seinem Wunsch nach einem Hund! War wie gestochen im Garten herumgesprungen, um einen Platz für die Hütte auszusuchen, und einen Namen hatte er auch schon parat gehabt:

»Ich nenn ihn Wuffer! Wir holen ihn an meinem Geburtstag aus dem Tierheim ab und das bedeutet, er und ich haben dann für immer am selben Tag Geburtstag!«

Aber Mellie hatte einen Horror vor Hundegebell, vor Hundegeruch, vor Hundehaaren. Eindringlich hatte sie dem unglücklichen, unglücklicher, am unglücklichsten in sich zusammengesunkenen Felix erklärt, er müsse sich diesen speziellen Wunsch leider abschminken; er wolle doch sicher nicht, dass Mama eine schlimme Allergie bekam? Für André war das hart an der Grenze gewesen – jede Allergie, die gegen Mellies Immunabwehr anzutreten wagte, war zum Aussterben verurteilt. Dass seine Frau manchmal log, um ihre Interessen durchzusetzen, wusste er, aber dass sie auch ihren eigenen Sohn belog, war ein unangenehmes neues Wissen gewesen, das André sofort tief in sich vergraben hatte; er hasste es, zu streiten. Zu einem Streit zwischen ihnen war es dann aber dennoch gekommen über die Frage, ob die Poster hängen bleiben durften. Für Mellie hielten sie nur Felix' brennenden Hundewunsch unnötig länger am Leben, aber André hatte als Kind selber einen Hund besessen, Buster, einen Labrador, der dann jämmerlich an Krebs verreckt war. Danach hatte André keinen neuen Hund haben wollen. Aber irgendwo in ihm war Buster noch lebendig, und so hatte er sich bei dem Streit zu Gunsten seines Sohnes durchgesetzt. Die Poster waren geblieben. Wie auch der ihn seit dem Unfall quälende Gedanke geblieben war, dass Felix, als er letztes Jahr an seinem Geburtstag nach Haus kam, insgeheim sicherlich gehofft hatte, doch noch einen Hund geschenkt zu bekommen.

Felix sah sich um. Wenn ihm auch nicht anzumerken war, wie sein Zimmer ihm gefiel, so war ihm überdeutlich anzusehen, dass nichts hier drinnen eine Erinnerung auslöste.

»Oh«, machte er leise, als sein Blick auf seinen Schreibtisch und den darauf wartenden, zugeklappten Laptop fiel. Sie hatten sich seinerzeit gemeinsam für einen Laptop statt eines PCs entschieden, weil Felix damit mobiler war; zum Spielen hatten sie ohnehin eine Playstation. Zusätzlich hatte André das Gerät noch mit einer funkgesteuerten Tastatur und Maus aufgerüstet.

»Es war natürlich keiner von uns dran«, sagte er jetzt, als er Felix' Interesse bemerkte. Es *enttäuscht* bemerkte. Von allen Dingen der Welt ausgerechnet dieses Teil, kaum dass er wieder zu Hause war. Als wollte er die schlimmsten Klischees über computerabhängige Jugendliche bestätigen. »An deinem Laptop.

Du wirst wohl erst mal jede Menge Updates ziehen müssen, für Windows, für alle mögliche Software.« Er schlug sich vor den Kopf. »Verdammt – ich hab ja den Router abgeschaltet, während du ... na ja, der war ein unnötiger Stromfresser, aber ich mach das heute noch klar, dann hast du sofort wieder Internet, tut mir leid, dass ich nicht vorher ... ich hab das völlig vergessen. Tut mir leid.«

Er hasste sich dafür, dass er so schnell sprach.

Er hasste sich dafür, dass seine Entschuldigung so kläglich klang.

»Aber immerhin, der Maus und der Tastatur habe ich schon neue Batterien spendiert.«

Dafür hasste er sich am meisten.

Felix nickte bloß und nahm am Schreibtisch Platz. Er klappte den Laptop auf und stellte ihn an, offenbar ohne überlegen zu müssen, wo welcher Knopf oder Schalter sich befand, dann griff er routiniert unter den Stuhl – waren das alles automatische Erinnerungen? –, betätigte die Hydraulik und ließ sich auf seinem Sitzplatz wenige Zentimeter nach unten sinken. Klar, natürlich. André erinnerte sich an die ersten medizinischen Untersuchungen nach dem Aufwachen. Felix war gewachsen während des Komas. In den nächsten Tagen würden, das hatte Melanie schon angekündigt, einige Großeinkäufe in Sachen passende Klamotten fällig.

Der Monitor flammte auf, der Desktop zeigte sich in einem klaren Smaragdgrün ohne jeden Firlefanz. Auf der linken Bildschirmseite waren an die zwanzig Verknüpfungen senkrecht zu drei akkuraten Reihen zusammengestellt. So zielstrebig, wie Felix auf den Computer zumarschiert war, bewegte er jetzt den Mauszeiger über eines der Icons. Es stellte eine symbolhafte weiße Burg auf beigem Grund dar, nicht mehr als drei Türmchen mit jeweils drei Zinnen. Benannt war das Ganze mit *Festung*. Ein Spiel?

Felix doppelklickte auf *Festung*. Sofort flog ein Fenster auf und offenbarte ein schlichtes großes, leeres Auswahlfeld. Darunter, neben diversen Schaltflächen, prangte das eigentliche Symbol dieser Software: ein weißer Schlüssel auf blauem Grund. Mit gerunzelter Stirn schaute André auf die Titelleiste des Fensters: *Truecrypt*. Einer seiner Bürokollegen bei der Stadtverwaltung benutzte dieses Programm, ein extrem auf Sicherheit bedachter Typ, der seinen Computer mit Hilfe diverser Sicherheitssoftware in ein uneinnehmbares Bollwerk verwandelt hatte.

*Und was ist ein anderes Wort für ein uneinnehmbares Bollwerk?*

Indem Felix das Verschlüsselungsprogramm in *Festung* umbenannt und ihm ein anderes, es als Spiel tarnendes Icon verpasst hatte, hatte er es, wenigstens für oberflächlich suchende Blicke, praktisch unsichtbar gemacht. Aber warum? André erinnerte sich daran, dass das Programm nicht Dateien selbst verschlüsselte. Vielmehr erstellte es eine Art sicheren Container, in den man seine zu schützenden Dateien verschob.

Auf dem Desktop lag eine weitere Verknüpfung – wiederum

drei Türme, aber diese besaßen nicht Zinnen, sondern Spitzdächer mit darauf wehenden Fähnchen: keine Festung, sondern ein Schloss. Mit *Schloss* war das Icon auch folgerichtig betitelt, und dieses Schloss war der Container, erkannte André, als Felix es jetzt mit einer raschen Klickfolge ins Programm einband – bis nach einem letzten Klick ein weiteres Fenster aufflog, klein, aber mit einer unmissverständlichen Aufforderung:

*Kennwort*

Das war es. Keine Festung ohne Schloss, kein Schloss ohne Schlüssel. *Und ohne Schlüssel keine Schatzkammer?*

Das hier, ging es André auf, war kein Kinderspiel mit dem Ziel, ultrageheime Baupläne für die großartigste Lego-Burg aller Zeiten dringend vor Geheimagenten, Außerirdischen oder allzu neugierigen Vätern zu schützen. Irgendetwas hatte sein Sohn hier vor dem Unfall verborgen – es im Schloss versteckt. Etwas, das über zehn Monate lang geduldig darauf gewartet hatte, sich auf einer holprigen Erinnerungsspur an der Amnesie vorbei einen Weg in Felix' Bewusstsein zu suchen, um ... um was zu tun? Nun, was auch immer es war: Wenn es *einer* Erinnerung gelang, sich Bahn zu brechen, warum dann nicht auch anderen ... warum nicht allen?

Felix' Finger verharrten über der Tastatur.

André hielt die Luft an.

Felix ließ die Hände sinken. Er starrte blicklos geradeaus auf die große, über dem Schreibtisch hängende Sternkarte. Im Monitor des Laptops sah André das Gesicht seines Sohnes gespiegelt, wolkige Blässe auf dem Grün eines Edelsteins, und kein Mienenspiel, kein Blinzeln verriet, was hinter der glatten Stirn vorging. Felix' Rechte wanderte langsam zur Maus. Der Cursor glitt auf das OK-Feld, ohne dass ein Passwort eingegeben war, das es zu bestätigen gab.

Klick –

*Falsches Kennwort oder kein Truecrypt Volumen*

OK

*Kennwort*

Klick –

*Falsches Kennwort oder kein Truecrypt Volumen*

OK

*Kennwort*

Klick –

Und weiter so, immer weiter. Es hörte nicht auf. Felix war wie hypnotisiert. Er würde morgen noch hier sitzen und klicken, übermorgen und nächste Woche, in einer Endlosschleife in seinem verletzten Kopf gefangen, begriff André. Er wollte Felix eben behutsam eine Hand auf die Schulter legen, als etwas an sein Ohr drang. Es war ein Flüstern, so leise, dass er sich vorbeugen musste, um es zu verstehen, dieses Flüstern, das nicht enden wollende tonlose, sich zuletzt überholende Flüstern seines Sohnes:

»Darf ich nach Hause? Ich fühle mich nicht wohl. Darfich nachhause? Ichfühlemich nichtwohl. Darfichnachhauseichfühle michnichtwohl. Darfichnachhauseichfühlemichnichtwohldarf ichnach hauseichfühlemichnichtwohldarfichna –«

»FELIX!«

Das Flüstern brach ab. Die blasse Stirn auf dem smaragdgrünen Monitor rutschte nach oben. Felix klickte das Programm zu, drehte sich zu André um und fragte freundlich: »Gibt es jetzt Kuchen?«

Was für ein beschissener Albtraum.

Am Abend desselben Tages regnete es kurz, aber heftig. Später kam Nebel auf. Entlang des Flusses stieg er aus den Gärten der kleinen Wochenendgrundstücke empor, ein feiner Dunst, der mit suchenden Fingern durchs Geäst ufernaher Bäume und Gehölze klammte und kletterte, drang und drückte, bis er zuletzt über dem träge dahinströmenden Wasser lag wie eine gigantische Decke aus verwobener grauweißer Nässe. Oben am Erler Loch, wo das Flussbett urplötzlich in felsige Tiefe abstürzte und die Strömung verwirbelte, erklang ein heftiges, von der Nebeldecke nur wenig gedämpftes Klatschen, als hätte etwas Großes sich aus den Fluten katapultiert, das jetzt zurück auf die schwarzen Wellen fiel. Dann kehrte wieder Stille unter den Erlen ein.

Zur selben Zeit, auf der ganz anderen Seite der Stadt, spähte Eckhard Stack aus dem Küchenfenster hinaus in seinen Garten. Viel zu sehen war nicht; der Blick durch das wabernde Grau reichte gerade bis zu Romys hundehüttenartigem Verschlag, der jeden Abend sorgfältig von ihm verschlossen wurde, der Füchse und Marder wegen. Hinter dem Hühnerhaus zog sich nach links eine halbhohe Buchsbaumhecke bis zum Gartentürchen, und da, eher eine Ahnung als ein wirklicher Eindruck, vermeinte Stack plötzlich etwas zu sehen, so dass ein Schreck ihm in die Glieder fuhr. Er hinterließ ein nur kurz währendes, aber extrem unangenehmes Schwächegefühl.

Der Umriss einer kleinen Gestalt.

War das ein Kind?

War das etwa ...

Stack brachte sein Gesicht so nah ans Fenster, dass sein Atem die Scheibe beschlagen ließ. Er wischte ungeduldig mit dem Ärmel darüber. Nichts zu sehen. Der Nebel draußen war schlagartig dichter geworden, binnen einer Sekunde, so schien es, hatte er sich zusammengezogen zu einer stabilen, das Licht aus der Küche hell reflektierenden Mauer.

Stack zog den Kopf zurück. Natürlich war da niemand. Kein Kind wäre bei solchem Wetter unterwegs, nicht allein, und schon gar nicht mitten in der Nacht. Was er zu sehen geglaubt hatte, war nur Trugbild gewesen. Nur ein Trugbild.

Bevor Stack endlich zu Bett ging, drehte er, entgegen seiner üblichen nachlässigen Gewohnheit, zweimal den Haustürschlüssel um.

2. – 6. SEPTEMBER

# LEUCHTE, ALTER MOND, LEUCHTE!

Sabine Rücker-Neufeld hatte Pausenaufsicht. Irgendwann hatte sie festgestellt, dass sie am wenigsten auffiel, wenn sie sich nahe dem Eingang, wo die Garten-AG ein paar Büsche gepflanzt hatte, Geißblatt und Winterblüte, still gegen die Hauswand lehnte und mit dem Hintergrund verschmolz. Felix saß allein auf einer der zentral aufgestellten, orangefarbenen Holzbänke auf dem Schulhof, den Blick seltsam traumverloren auf den Schlossberg gerichtet, als suchte er in den strichfeinen Wolken im taubenblauen Himmel über der Burg ein bestimmtes Muster. Für alle anderen Schüler war er an diesem ersten Tag des neuen Schuljahres eine

Sensation. Bis zu seinem Unfall war Felix keiner gewesen, der einen bleibenden Eindruck hinterließ. Jetzt starrten sie ihn alle an, die Schüler seiner alten Klasse wie auch die anderen.

Felix Winter war um ein Jahr zurückgestuft worden. »Was soll's, er kann sich ja eh nicht mehr an seine Mitschüler erinnern«, hatte Kammthaler, der Direktor, gefeixt. Es hatte die Frage im Konferenzraum gestanden, ob Felix das Schuljahr wiederholen sollte – aus fachlicher Sicht erschien das mehr oder minder unabdingbar – oder ob er nicht doch besser in seiner früheren Klasse aufgehoben wäre, weil mit etwas Glück die gewohnte Umgebung Erinnerungsbahnen reaktivierte – was aus ärztlicher Sicht die wünschenswertere Lösung war.

»Warum versuchen wir also nicht, ob es mit seiner Erinnerung was wird?«, hatte Sabine vorgeschlagen. »Wiederholen kann er doch zur Not immer noch, im nächsten Schuljahr.«

»Aber dann wäre er schon zwei Jahre hinterher.« Kammthalers Mund hatte gelächelt. »Wollen Sie das verantworten?«

Sabine schaute über den Hof. In weitem Abstand schlichen die Schüler um Felix herum, scheu, als wäre er ein dem Zoo entlaufenes, seltenes Tier. Keiner von ihnen, das wusste Sabine, würde ihn blöde anmachen oder ihn bewusst verletzen. Sein Unfall hatte alle bewegt; viele Kinder hatten ihm Karten ins Krankenhaus und nach Hause geschickt, manche hatten sogar Kerzen für ihn entzündet, nicht an der Unfallstelle in der Ulmenstraße, sondern hier, in der Schule, in der Ganggalerie vor der Aula, unter einem Foto, das Felix bei einer Schultheateraufführung zeigte, Shakespeares *Sommernachtstraum* (er hatte bloß eine der Elfen gespielt, sie wusste nicht mehr, ob es Spinnweb, Erbsenblüte oder Senfsamen gewesen war). Eine Zeile Oberons, des Elfenkönigs, schoss ihr durch den Kopf –

*Wenn sie erwachen, ist, was sie betrogen,*
*Wie Träum und eitle Nachtgebild entflogen*

– und es geschah exakt in diesem Moment, dass Felix plötzlich in ihre Richtung blickte und irgendetwas sich spürbar änderte, die Qualität der Luft oder die des Lichts, denn der feine Asphalt des Schulhofs war auf einmal von demselben Blaugrau wie die Wasser eines spiegelglatten, fürchterlich ruhigen Ozeans, und Felix trieb allein auf einer dieser orangefarbenen Rettungsinseln, kein Ufer, nirgends, keine greifbare Hilfe, aber die benötigte er auch nicht, denn obwohl niemand sich in seiner unmittelbaren Nähe befand oder auf ihn zuhielt, bewegten die Kinder sich, zu zweit oder in Grüppchen von dreien oder vieren, in nahezu exakten konzentrischen Ringen um ihn herum, wie Delfine, die einen Schwimmer abschirmten vor Gefahren, die aus der flaschengrünen Tiefe heraufstachen, vor Haien, deren Rückenflossen das Wasser zerschnitten, vor –

»Hey, Felix!«

Die Stimme schallte laut über den Hof. Die Ringe, wenn sie denn je existiert hatten, brachen auseinander, zerstoben wie sich auflösende Nebelfetzen.

»Wow«, flüsterte Sabine, zu beeindruckt, um erschreckt zu sein. Sie schüttelte benommen den Kopf. »Was zum Teufel ...«

Nisse schlenderte grinsend auf Felix zu, Ben im gemächlichen Kielwasser. Felix drehte sich nur langsam zu den beiden um. Dutzende Augenpaare beobachteten, wie drei Jungen, die vor einem Jahr unzertrennlich gewesen waren, zum ersten Mal wieder aufeinandertrafen, zumindest außerhalb des Krankenhauses: Nach einem Besuch dort hatte Nisse in der Klasse verräterisch laut getönt, für ein schon länger lagerndes Gemüse hätte Felix eigentlich ganz frisch ausgesehen, und Ben hatte gegrinst, und einige hatten gelacht, und Sabine hatte sich einen Gott gewünscht, der Jungen in der beginnenden Pubertät mit etwas mehr Selbstsicherheit und Feingefühl ausstattete.

»Na, alles klar, Alter?«, sagte Nisse jetzt. Jeder, das wusste der Junge, lauschte seinen Worten, ausnahmslos jeder, und die meisten hielten dabei sogar ein wenig den Atem an. Selbst der Sommerwind schien zu schweigen, um keine Silbe dessen zu überhören, was Nisse sagte.

»Wie heißt du?«, fragte Felix.

»Ben Kantschuh. Und das ist Nisse Pallasch. Ach nee.« Plötzlich begann er albern hoch zu kichern. »Ach nee, umgekehrt – *das* ist Ben und *ich* bin Nisse.«

Das mochte als Witz durchgehen, wenn auch als nicht besonders guter. Vielleicht war es auch bloß als möglichst coole Form der Annäherung gedacht. Nur weil sie Nisse nicht leiden konnte, überlegte Sabine, durfte sie ihm nicht absprechen, dass er Felix gegenüber genauso befangen war wie jeder Schüler und jeder Lehrer der Schule.

»Ich bin Felix«, sagte Felix.

Nisse grinste breit. »Ich weiß, Alter. Ist ja schließlich nicht meine Scheißamnesie, sondern deine.«

Felix runzelte kurz die Stirn, als versuchte er, die Antwort an irgendeiner passenden Stelle in seinem Kopf einzuordnen, bevor er sich zu einem unverbindlichen Lächeln entschloss. Doch über das Lächeln hinweg sah Sabine, wie es immer noch weiter in ihm arbeitete, und erneut geschah etwas Merkwürdiges, denn plötzlich bildete sie sich ein, sogar zu *spüren,* wie es in dem schwarzhaarigen Kopf zuging, wie Buchstaben sich zu Wörtern und die Wörter sich zu einem Satz zusammenfügten; wie ein kleiner Brustkorb sich weitete, als, von einem leisen Zischen begleitet, Luft in die Lungen strömte; wie Muskeln ansetzten, um Stimmbänder zu bewegen, und wie unwirklich rote Lippen sich eben teilen wollten um ...

... dann doch nicht zu entlassen, was auf ihnen lag, nicht in die Freiheit, mussten sie auch nicht tun, denn der ungesagte Satz drängte von ganz allein lautlos zwischen ihnen in den Spätsommertag, hing mitten in der Luft, spannte sich wie ein breites rotes Band über den Schulhof: *Du hast solche Angst, nicht wahrgenommen zu werden, Nisse Pallasch.*

Der Pausengong ertönte. Sabine löste sich benommen von der Wand und ging rasch ins Gebäude. Sie war durstig. Im Lehrerzimmer nahm sie eine Flasche Mineralwasser aus dem Kühlschrank, füllte ein Glas und trat ans Fenster. Sie nahm zwei, drei tiefe Schlucke. Ihre Hand zitterte. Ihre Knie waren weich, sie fragte sich, wie sie es bis ins Lehrerzimmer geschafft hatte. Draußen auf dem Hof, bei der orangefarbenen Bank, standen Nisse und Ben und redeten mit Felix. Alle drei Jungen lachten, aber nur bei zwei von ihnen lachten auch die Augen mit. Nisse Pallasch mochte der geborene Anführer sein, einer von hundert. Aber er würde sich in Zukunft warm anziehen müssen. Er wusste es vielleicht noch nicht, aber er hatte seinen Meister gefunden.

Es gab Momente im neuen Zusammenleben mit seinem Sohn, die André Winter mit einer solchen Fassungslosigkeit erfüllten, dass ihm davon schwindelig wurde. Momente wie diesen:

Sie saßen gemeinsam um den Mittagstisch. Mellie hatte Felix dessen absolutes Lieblingsessen zubereitet: grobe Bratwurst mit Sauerkraut und Kartoffelpüree. Die Kartoffeln vom Bauern, alles bio, selbst gestampft, mit frischer Milch. Wenn dieses Gericht v. d. U. – vor dem Unfall, wie André es inzwischen abkürzte – aufgetischt worden war, hatte man Felix in allumfassende kindliche Selbstvergessenheit versinken sehen. Außer diesem Essen hatte dann nichts auf der Welt ihn noch interessiert.

Er fand es auch heute interessant, allerdings bloß das Kartoffelpüree. Eben hatte er sich eine sehr große Portion davon aufgehäuft und mit dem Messer flach gestrichen ... bis der gesamte

Teller einschließlich des Randes etwa zwei Zentimeter dick damit bedeckt war. Jetzt begann er, mit der Gabel feine Linien in das Püree zu zeichnen, die Umrisse von – was? Als André Melanie zu jener Ermahnung ansetzen sah, die jedes Kind kannte – *mit dem Essen spielt man nicht* –, fing er ihren Blick auf und schüttelte still den Kopf.

»Eine Weltkarte, hm?«, sagte er zu Felix, während er Melanie angrinste. Jedes Anzeichen dafür, dass Felix Zugriff auf Erinnerungen hatte, die seine Welt quasi vergrößerten, war ein gutes Zeichen. Melanie begriff, schaute aber skeptisch drein.

Felix nickte, ohne von seiner Arbeit aufzusehen. André nahm die Karte aus Kartoffelbrei näher in Augenschein. Etwas daran stimmte nicht. Welche Note hatte Felix v. d. U. im Geografieunterricht gehabt? Selber konnte André recht gut die Westküste Afrikas ausmachen; es musste Afrika sein, denn im Osten schloss sich, der kaum verwechselbaren Form nach zu urteilen, Indien an. Bloß pappte der Subkontinent noch an seinem Nachbarn fest, gerade so, als wären Afrika und Asien keine getrennten Kontinente. Der Norden, wenn man schon dabei war, sah auch nicht viel besser aus; eine Landmasse, die sich einfach über Afrika schob, da fehlte –

»Das komplette Mittelmeer fehlt«, bemerkte André. »Oder?«

Felix runzelte die Stirn. »Wo?«

»Über Afrika.«

»Das ist Thuria«, sagte Felix.

»Thuria?«

»Mhm.« Felix deutete mit der Gabel auf das, was André für Südafrika gehalten hatte. »Hier unten, das sind die schwarzen Königreiche, und da rechts, das ist Iranistan. Ganz oben, im Norden, liegt Nordheim. Neben Hyperborea.«

André schaute rasch zu Melanie. Die rammte ihre Gabel in die Bratwurst, als hätte sie die soeben bei einem Fluchtversuch vom Teller erwischt.

»Es ist hübsch«, sagte André hilflos. »Thuria, meine ich.«

Felix zuckte die Achseln. »Wenn du da leben müsstest, würdest du das anders empfinden. Krieg ich eine Wurst und Sauerkraut, bitte?«

Das war noch nicht alles. Felix begann zwar endlich zu essen, hielt aber nach dem ersten Bissen inne. Er starrte zunächst ins Püree, dann in das Sauerkraut. Er blickte auf, lauschte kurz in sich hinein, dann:

»Haben wir Pfeffer?«

Und bestäubte in der Folge seinen Teller mit gemahlenem schwarzem Pfeffer, als handelte es sich dabei um Puderzucker.

»Hör auf damit«, sagte Mellie tonlos.

Keine Reaktion.

»Hör auf!«

»Aber ich schmecke nichts!«, protestierte Felix laut. Er knallte die Pfeffermühle auf den Tisch.

Eben noch hatte sich Missbilligung auf Mellies Gesicht abgezeichnet, jetzt war es schierer Schrecken. Kein Geschmackssinn – ein bisher unentdeckt gebliebener Hirnschaden?

»Was?«, kam es leise von ihr, zerbrochen.

»Macht euch nicht gleich immer Sorgen!« Felix, bereits wieder ruhig, hob abwehrend die Hände über den Teller. Es sah absurd aus, als wollte er das Essen segnen. »Ich schmecke was, aber nicht viel. Es ist einfach leckerer mit mehr Gewürz.«

»Das da reicht aber aus, um dir den Gaumen zu verbrennen«, beharrte Mellie.

André beobachtete, wie Felix sich etwas Püree auf die Gabel lud, etwas Sauerkraut, und zuletzt in ein Stück Wurst stach, so wie er es früher auch immer gemacht hatte, v. d. U.

»Na und?«, kam es von Felix gedehnt. »Ist ja schließlich nicht dein Scheißgaumen, sondern meiner.«

So und ähnlich waren die Momente beschaffen, in denen André Winter seinen gerade wiedergewonnenen Sohn für sich verloren glaubte.

Es war dann doch merkwürdig, räsonierte Hildegard Heinsel rückblickend, den Felix an diesem diesigen Nachmittag ausgerechnet auf jener Brücke wiedergetroffen zu haben, wo sie ihm zuletzt vor einem knappen Jahr begegnet war. Seinerzeit – sie erinnerte sich daran, als sei es gestern gewesen, hatte sogar kurz daran gedacht, als sie die Brücke in Richtung Nahkauf betreten hatte –, seinerzeit also, da hatte sich über dem Felix das Unheil schon zusammengezogen als schwarze Wolke, eine *sichtbar* schwarze Wolke! Man entwickelte im Alter ein Gespür für so etwas, ausreichend Sensibilität vorausgesetzt, bloß hatte

Hildegard bei der Vernehmung durch den jungen Polizisten ganz vergessen, das zu erwähnen: diese sichtbare Schwärze eben, und nur wenige Minuten später hatte es den Felix dann ja auch tatsächlich aus der Welt gerissen. Eigentlich unfassbar. Ein tragischer, ein ganz tragischer Tag, unvergesslich für sie, Hildegard, die den armen Jungen als Letzte bei Verstand gesehen hatte. Denn als die Mutter ihn überfuhr, man durfte sich da nichts, rein gar nichts vormachen, da war der Felix ja schon von dieser Eins am Kopf verletzt gewesen, mit Sicherheit also nicht mehr beieinander im Sinne von: nicht mehr bei Sinnen. Ha! Und noch blieb abzuwarten, ob er nicht eine geistige Behinderung zurückbehalten würde für seinen Lebensrest.

Zum Nahkauf war Hildegard unterwegs, dem kleinen Supermarkt jenseits der Brücke, die sie zu zwei Dritteln bereits überquert hatte. Die Holzbohlen polterten leise unter ihren Sohlen. Der Fluss war nicht breit an dieser Stelle, fast schlossen die Äste der ihn beidseitig säumenden Erlen und Weiden sich zu einem Baldachin darüber zusammen. Ihr Blattwerk, sacht vom Sommerwind bewegt, ließ überall Schatten herumirren wie kleine schwarze Tiere, auch auf dem Felix. Der stand, das T-Shirt moosgrün, dunkelblau die Jeans und braune Turnschuhe, bewegungslos auf dem Holzgeländer der Brücke, als wäre er dort vor langer, langer Zeit herausgewachsen, so dass Hildegard, noch bevor der Schreck sie vollständig auf die Stelle bannte, der aberwitzige Gedanke kam, sie hätte womöglich den Jungen vor drei Tagen, als sie die Brücke zuletzt gegangen war, dort schon mal übersehen.

Seit Felix wieder zu Hause war, hatte Hildegard Heinsel nicht gewagt, gegenüber zu klingeln – trotz jahrelanger Nachbarschaft waren die Winters, speziell die Melanie, immer doch ein wenig abweisend geblieben. Nun aber dieses Glück! Der Felix zeigte sich ihr wie auf einem Präsentierteller. Zwei, drei gezielte Fragen, überlegte Hildegard, und sie würde endlich wissen, was sie seit Wochen so brennend interessierte, nämlich ob der Junge, nachdem er erwacht war und inzwischen, sozusagen, auch schon ein wenig wieder vor sich hin gelebt hatte, wirklich noch bei Troste war oder doch nicht. Dass er da oben auf dem Geländer stand, verhieß schon mal nichts Gutes.

»Du solltest das nicht machen!«, platzte es aus Hildegard heraus. »Da ist schon mal ein Junge runtergefallen in den Fluss und hat sich den Arm gebrochen.«

»Wer denn?«

»Der Sohn von den Walsers, der Paul.« Sie war sich nicht sicher, ob der Felix die Namen aller Nachbarn in der Ulmenstraße so schnell zuzuordnen wusste, sie waren ihm ja sicherlich alle immer noch wie neu, also fügte sie rasch hinzu: »Wohnen im Haus neben euch, die Walsers.«

»Ich weiß. Den Paul hab ich noch nie gesehen?«

Es klang wie eine Frage, und vermutlich war es das auch. Schrecklich irritierend, dass man das Gesicht des Jungen nur schlecht ausmachen konnte in den tanzenden Schatten. Es ließ sich nicht lesen darin, zumal der Felix kaum die Augen zu bewegen schien. Das wirkte fast ein wenig unheimlich.

»Der Paul ist längst erwachsen inzwischen«, sagte Hildegard Heinsel. »Der lässt sich hier nicht blicken. Wohnt in Berlin.«

»War er nett?«

»Der war anders.«

Eine alte, sehr alte und sehr unangenehme Erinnerung bewegte sich durch Hildegards Kopf, an einen weißhäutigen Jungen, eins der Schröderkinder, wie er bei den Walsers in der Küche saß, auf der Eckbank am Tisch, die lichtempfindlichen roten Augen hinter einer Sonnenbrille versteckt, einen Milchbart um die Schnute, und irgendwo im Haus war eine Schlange unterwegs, eine Pütton –

P – Y – T – H – O – N

–, jedenfalls eine Würgeschlange, weshalb Hildegard sich auf einen Stuhl hatte retten müssen, und geschrien hatte sie auch, Gott, diese Demütigung damals! Lange hatte der Spuk mit den Schröders erfreulicherweise nicht gedauert. Nach dem Wegzug der vierköpfigen Brut und ihrer kranken Mutter hatte das Haus länger leer gestanden, war dann vermietet gewesen an ein älteres Ehepaar, die Wenges – sie inzwischen tot, der Mann in Pflege –, bis zuletzt die Winters es gekauft und hergerichtet hatten.

»Warum lässt er sich denn nicht blicken, der Paul?«, beharrte Felix. »Kann er Sie nicht leiden?«

Was war denn das für eine –

»Warum sollte der Paul mich nicht –«

»Ich glaube, der konnte Sie nicht leiden. Weil er Sie unehrlich fand. Und außerdem langweilig.« Die Augen vom Felix bewegten sich immer noch nicht, aber sie schienen, derweil sie Hildegard anstarrten, immer größer zu werden. »Sie sind orange mit Grau. Bestimmt hat er das gemerkt. Der Paul.«

Es geschah dann etwas Seltsames, das Hildegard Heinsel von den Unverschämtheiten und dem Orange-Grau ablenkte, aber wie und warum dieses Seltsame geschah, das hätte sie später für kein Geld der Welt erklären können. Als hätte sie sowieso nichts anderes vorgehabt, ja: als wäre sie aus keinem anderen Grund hierhergekommen, blickte sie, *der Paul* hing sozusagen noch in der Luft, wie angelegentlich übers Geländer oder zwischen den Geländerbalken hindurch, auch das wusste sie später nicht mehr genau, hinunter auf das träge strömende Wasser, und plötzlich war der Felix vergessen, denn der Fluss wirkte merkwürdig zähflüssig und blasig, und der von da unten nach hier oben aufsteigende Geruch war von ganz fauliger Art, so dass Hildegard Heinsel an eine ihrer liebsten alten Fantasien erinnert wurde, eine Fantasie, die sie schon als junge Frau entwickelt hatte, ungefähr zur selben Zeit, als Putzmittel eine geradezu erotische Anziehungskraft auf sie auszuüben begonnen hatten, nämlich jene, dass man diesen (aber auch einen beliebigen anderen Fluss) ganz leicht reinigen konnte, wenn man bloß an einem der weiter stromaufwärts gelegenen Wehre ordentlich Schaumreiniger und Desinfektionsmittel aus riesigen Fässern und Kanistern ins Wasser kippte, wonach das Gebräu, schön aufgemischt, als lebendiger, dicker, duftender Teppich gen Süden rauschen würde, ein Meer aus regenbogenfunkelnden

Seifenblasen, das sich Kilometer um Kilometer über veralgte, mit stinkendem Moder überzogene Steine und Kiesel ergoss, wellengetragen, mit nichts im Gefolge als Sauberkeit und Duft und dem Wissen, dass dem kostbarsten Gut des Menschen eine Schneise geschlagen sein würde, nämlich seiner Gesundheit, sobald dieser bakterienverseuchten Kloake der Garaus bereitet war.

Der Felix balancierte jetzt vor ihren Augen über das Geländer, als wäre es eine feste breite Straße. Er machte ein paar Tippelschritte auf sie zu, lief wieder zurück, ein regelrechtes Rückwärtslaufen, ohne sich umzudrehen. Hildegard Heinsel blickte über die Schulter, dann Richtung Nahkauf. Da kam niemand, um sie zu erretten, eine Art Wachablösung, die sich des Jungen annahm, von dem sie nichts mehr wissen wollte. Nicht ganz richtig im Kopf war er, das hatte sie herausgefunden, mehr hatte sie nicht gewollt, schon gar nicht wollte sie zur Zeugin seines nächsten Unfalls werden. Schweiß war ihr ausgebrochen, ein feiner, öliger Film auf der Stirn, von dem sie genau wusste, wie er sich anfühlen würde, wenn sie ihn wegwischte, aber sie wischte ihn nicht weg. Und in ihrer Nase hing noch immer der Geruch des Flusses, verquickt mit dem Duft der imaginierten perlmuttschillernden Waschwelle, eine modrig-wohlriechende Mischung, ganz und gar unangenehm.

Widerlich.

»Nun hör mal mit dem Gehüpfe auf«, blaffte sie den Felix an, selbst überrascht von ihrem ruppigen Tonfall. »Du musst aufpassen, wenn du da so herumturnst. Sonst geht's dir noch wie dem kleinen Häwelmann!«

Felix hielt inne. »Was war mit dem?«

Hildegard hob die Augenbrauen. »Der fuhr nachts mit seinem Bettchen über den Himmel. Ließ sich vom Mond dabei leuchten. Aber es war ihm nie schnell genug oder hoch genug. Der war wie du, der wollte auch immer mehr, mehr.«

In Felix' Augen trat ein seltsamer, fast hungriger Ausdruck. »Und, hat er es gekriegt?«

»Na, schon. Aber zuletzt ist er vom Himmel gefallen.«

»Ja? Wie Luzifer, als er vom lieben Gott verstoßen wurde? Eigentlich war der Luzifer ein Engel, ja? Ein schwarzer Engel. Er wollte so sein wie sein Herr, und deshalb verstieß ihn Gott, und Luzifer stürzte mit brennenden Schwingen vom Himmel zur Erde. Wenn das mitten in der Nacht war, sah das bestimmt sehr ... großartig aus.«

Ein begeistertes Leuchten war in die grauen Augen getreten, gerade so, als erspähten sie an irgendeinem entfernten himmlischen Horizont den aus dem Universum heranstürzenden Engel. Und bevor Hildegard sich erneut darin bestätigt sehen konnte, dass der Felix eine Handvoll Schrauben locker hatte – kein Kind erzählte von Engeln, die brennend vom Himmel stürzten –, sah sie ihn loslaufen. Bloß dass er nicht lief. Er *rannte.* Sprintete über die keine fünfzehn Zentimeter breiten Geländerbalken der Brücke, setzte mit kurzen Sprüngen über die nach oben herausragenden Enden der sie haltenden Tragpfeiler hinweg, Richtung Ulmenstraße, Richtung Brückenende, und wenn er nicht bald abbremste –

*sprang!*

– schon wieder, jetzt von dieser Seite der Brücke auf die gegenüberliegende Seite, vom einen Geländer auf das andere Geländer, es blieb einem ja fast das Herz stehen nur vom Zuschauen! Kam zurückgerannt, dann, auf Hildegard Heinsel zu, hüpfte direkt vor ihr vom Geländer, federte hoch und sah sie an: Nach Beifall heischend? Herausfordernd? Jedenfalls gefiel es ihr nicht, wie der Junge sie anschaute. Seine Augen so grau, und eine Kälte darin ...

»Was?«, schnappte sie.

»Manchmal sehe ich Sie«, sagte Felix langsam und ruhig, kein bisschen aus der Puste gebracht von seiner Akrobatik. Und seine Stimme klang tief, sehr viel tiefer, als je ein Kind von dieser Brücke stürzen konnte. »Sie stehen hinter dem Fenster und gucken zu uns rüber. Im Dunkeln, weil Sie denken, dass man Sie dann nicht sieht, aber ich sehe Sie trotzdem. Ich sehe Sie atmen. Ihr Atem ist ganz grau mit orangen Flecken. Ich glaube, Sie sind krank.«

Hildegard zuckte zusammen, als er unvermittelt eine kleine Hand gegen ihren oberen Bauch drückte, etwa auf Höhe der Leber. Die Berührung brannte wie Feuer, als gäbe es da keinen Kleiderstoff zwischen ihrer Haut und der Kinderhaut. »Ich glaube, hier, an der Stelle. Haben Sie da was?«

Hildegard Heinsel hatte da was, aber das wusste sie selber

erst seit wenigen Wochen. Die unglückliche Kombination eines leichten Diabetes mit ihrer Vorliebe für gehaltvolles Essen, das sie noch dazu gern mit etwas mehr als einem Viertelchen hinunterspülte, hatte ihr, laut Hausarzt, eine Fettleber beschert. Es gab dafür kein hübscher klingendes Wort, aber das hätte, so realistisch musste man bleiben, die Erkrankung ja auch nicht besser gemacht. Aktuell überlegte sie noch, wie sie damit umgehen und was sie zukünftig besser seinlassen sollte: das gehaltvolle Essen, die Viertelchen oder die Besuche beim Hausarzt.

Felix hatte seine Hand zurückgenommen. Er ließ den Arm sinken, ging, schon wieder rückwärts, jetzt über die Brücke, immerhin, und entfernte sich von ihr, ohne sie aus den grauen Augen zu lassen.

»Mir geht's gut«, erwiderte sie, beinahe trotzig. »Und du, gehst du jetzt nach Hause?«

»Mhm.« Rückwärts, zurück, zurück. »Muss zu meiner Mutter. Mama wollte heute bunte Wäsche waschen. Aber ich muss ihr was erzählen.«

Das klang gut. Das klang nach sicherem Terrain. Hildegard spürte, wie der Druck von ihr abfiel. Sie wünschte sich, sie hätte den Jungen nie angesprochen, aber gut, geschehen war geschehen. Eine unangenehme Unterhaltung beendete man am besten damit, dass man sie unter einer belanglosen Floskel erstickte.

»Was musst du ihr denn erzählen?«, sagte sie, rief es eher, der Junge war bald von der Brücke runter.

»Dass sie mich nicht mehr Felix nennen darf«, rief er zurück. »Ich bin jetzt anders, wissen Sie.«

Na, wem sagte er das. Hildegard sah dem Jungen nach, wie er rasch davonging, rückwärts, *immer noch*. Anders. Sollten die Winters sich mal besser nichts vormachen: Ihr Felix hatte bei dem Unfall auf jeden Fall was abgekriegt. Und nicht zu knapp. Vermutlich nur noch Pampe im Hirn. Orangenmus, ja?

Von unten duftete der Fluss.

Zu keiner Sekunde hätte Hildegard hinterfragt, was da eben, als Felix Winter gegen ihren Bauch gefasst hatte, geschehen war. In ihrem Kopf verfügte Hildegard Heinsel über sechs Hände, mit denen hielt sie sich, sobald ihr Leben ihr zu entgleiten schien und Missliebigkeiten sie berührten, Augen, Mund und Ohren zu.

»Er geht heimlich raus.«

»Wohin?«

»Weiß ich nicht. Ich seh's an seinen Schuhen. Am Tag nach der Entlassung aus dem Krankenhaus hab ich's zum ersten Mal bemerkt, da hatte es abends geregnet. Am nächsten Morgen war Schlamm dran.«

»Du meinst –«

»Ja. Nachts. Er war nachts draußen.«

»Hast du ihn darauf angesprochen?«

»Nein.«

»Weißt du, wo er war?«

»Nein.«

»Vielleicht nur im Garten?«

»Kann sein.«

»Warum hast du mir nicht –«

»Weil ich dachte, dass sich das von alleine wieder gibt! Er war noch nicht lange aus dem Krankenhaus zurück. Ich dachte erst, er schlafwandelt vielleicht. So etwas.«

»Aber das war es nicht?«

»Weiß nicht. Nein. Gestern auch wieder, nachmittags. Als er runter in den Waschkeller kam und diesen Blödsinn losließ, dass er jetzt Anders heißen will? Er roch nach Fluss.«

»Er roch nach ...«

»Er *war* an der Lahn. Und ich hatte die ganze Zeit gedacht, er wäre auf seinem Zimmer, am PC oder was. Einfach abgehauen.«

»So würde ich das nicht nennen, wenn er einfach mal losgezogen ist. Außerdem können wir ihn nicht überallhin begleiten.«

»Und wenn ihm wieder was passiert?«

»Schatz, du hattest ihn elf Jahre lang bewacht wie die Kronjuwelen, und trotzdem gab es den Unfall. Solche Dinge passieren einfach, Mellie. Wir können das nicht verhindern.«

»Und das soll heißen?«

»Das soll heißen, dass wir ihn gehen lassen müssen, wenn er gehen will. Auch wenn es uns schwerfällt. Hast du Anders ... Felix ... hast du ihn schon darauf angesprochen?«

Es kam keine Antwort. Melanie hatte Angst, erkannte André

Winter. Sie hatte Angst, Anders könnte sich nicht erinnern an einen nächtlichen Ausflug, an einen Spaziergang irgendwo am Fluss. Sie befürchtete, Anders könnte von dem Unfall etwas am Kopf zurückbehalten haben. Hatte er das? Er war freundlich und unkompliziert im Umgang, wurde aber zurückhaltend, sobald mehr als eine Person ihm ihre Aufmerksamkeit zuwandte. Immer wieder ertappte André sich dabei, wie er nach alten Verhaltensweisen seines Sohnes Ausschau hielt, nur um sich eingestehen zu müssen, dass er selber eigentlich nur eine einzige typische Verhaltensweise aus der Zeit v. d. U. wirklich kannte. Das war eine besondere Art des Abwinkens als Reaktion auf eine Überforderung oder schlichtes Desinteresse: Dann hatte Felix den Oberarm angehoben auf Schulterhöhe, während der Unterarm weiter schlaff herabhing, um zuletzt den gesamten Arm plötzlich fallen und ausbaumeln zu lassen. Bisher hatte André vergebens darauf gewartet, dass dies geschah, aber womöglich lag das daran, dass Anders sich, anders als Felix, an so gut wie allem interessiert und durch nichts mehr überfordert zeigte. Seit er zurück zu Hause war, verbrachte er nicht wenig Zeit am Computer, vor dem Fernseher oder mit Lesen, wobei er neues Wissen förmlich in sich hineinzuschaufeln schien (um es dann, wie Mellie von Sabine Irgendwas-Bindestrich-Doppelname erfahren hatte, in der Schule weitestgehend für sich zu behalten). Mindestens ebenso viel Zeit schaute er aber einfach zu irgendeinem Fenster hinaus, oder er saß draußen im Garten in einem der Korbstühle, wo er Löcher oder Farben oder Gott weiß was in die Luft starrte, völlig in sich gekehrt, ein Phänomen, das Dr. Baumgart als unbedenklich eingeordnet hatte: Der junge Patient müsse sich ja nicht nur so gut wie die gesamte Welt, sondern auch seine Stellung darin ganz neu erklären.

Man durfte wirklich gespannt sein, dachte André Winter, was der Mann zum neuen Vornamen seines jungen Patienten sagen würde.

Eckhard Stack stieß auf seinen ehemaligen Nachhilfeschüler in Golds Bürobedarf, einem anheimelnd nach Papier, Briefumschlägen, Aktenordnern und Zeitung duftenden Laden, der nebenher als Postfiliale fungierte. Als er eintrat, sah er Felix an der Kasse eben ein paar Münzen Wechselgeld einstreichen. Nur sein Profil war sichtbar, aber Stack erkannte ihn sofort. Ein Neonstrahler hing über der Kasse, dessen kaltes Licht machte, dass das kleine Gesicht ganz hell erschien, die Haare ganz schwarz. Die Lippen hingegen hätten unter jedem Licht geleuchtet, so kräftig war ihr Rot, wie die Lippen von –

»Kenne ich Sie?«

Felix hatte ihm blitzartig den Kopf zugewandt.

»Sag du's mir«, erwiderte Stack, beinahe ebenso schnell.

Der Winterjunge schien vorauszusetzen, dass alle Welt von seiner Amnesie wusste. Er nickte der Kassiererin kurz, aber freundlich zu und nahm Kurs auf Stack, lächelnd, aber das Grau seiner Augen machte, dass es ein kaltes Lächeln blieb. »Ich schätze, ich kenne Sie. Sonst hätte ich Sie nicht angesprochen.«

Stack nickte langsam. Solche Art Logik gefiel ihm. »Dann hast du mich also ... ein bisschen erkannt?«

»Nur die Farben«, antwortete Felix, näher und immer näher kommend. Sein Lächeln war einem Stirnrunzeln gewichen. Stack schaute an sich herab – er trug seine rote Windjacke mit den blauen Schultereinsätzen, der Junge musste ihn vor dem Unfall letztes Jahr darin gesehen haben. Oder hatte er, Stack, sie neulich angehabt, nachts, als er Felix draußen im Nebel zu sehen glaubte? Nein, Blödsinn, wenn er eine Jacke in der Wohnung trug, dann eine aus Strick. Überhaupt, sicherlich hatten bloß seine Augen ihm einen Streich gespielt in jener Nacht, und warum sollte er den Jungen unnötig verwirren, der ja noch dazu, ob seiner totalen Amnesie, kaum den Weg zu ihm gekannt haben durfte?

Stack erschrak leicht, als er den Blick wieder hob. Felix war ihm sehr nahe gekommen, fast schon aufdringlich nahe, fand Stack, das kindlich runde Kinn leicht angehoben, den Kopf ein wenig vorgestreckt, gerade so, als wollte er ...

*... als ob er an mir riechen will!*

Stack streckte rasch eine Hand aus. Es schien das beste Mittel, den Jungen auf Abstand zu halten, und tatsächlich wich Felix den erhofften Schritt zurück. Irgendwer würde ihn mal darauf aufmerksam machen müssen, dass jeder Mensch eine Intimschranke besaß, eine unsichtbare, den Körper umgebende Hülle von etwa fünfzig Zentimetern, in die nur Familienmitglieder, Vertraute oder geliebte andere Menschen eindringen durften, ohne beim anderen Unbehagen auszulösen.

»Eckhard Stack«, sagte Stack. »Ich hab dir Nachhilfe gegeben, vor deinem Unfall. In Mathe.«

»Ah. Und hat sie mir geholfen? Die Nachhilfe?«

»Doch, schon.«

»Dann danke.«

Der Händedruck war trocken und überraschend kräftig. Stack erinnerte sich genau an ihr erstes Kennenlernen vor weit über einem Jahr, an die Kinderhand, die schlaff und feuchtwarm in seiner gelegen hatte. Kein Vergleich.

»Und wie läuft es aktuell mit Mathe?«, sagte er. »Gehst du überhaupt schon wieder zur Schule, Felix?«

»Ja, aber ich muss ein Jahr wiederholen. Alle sind nett zu mir. Mathe ist okay. Und ich heiße jetzt nicht mehr Felix, ich heiße Anders. Mit einem großen A. Wie Andersen, Sie wissen schon. Der mit dem Märchen von der kleinen Seejungfrau. Jeden Tag in der wirklichen Welt geht sie mit ihren nackten Füßen wie auf Messern. Und sie kann keinem sagen, was sie denkt oder fühlt, weil sie keine Zunge mehr hat.« Er hob eine Hand und vollzog mit Zeige- und Mittelfinger eine Schnipp-schnapp-Bewegung vor seinen Lippen. »Abgeschnitten.«

»Ich glaube, daran entsinne ich mich, ja«, sagte Stack.

»Warum hast du dich umbenannt?«

Der Winterjunge zuckte die Achseln. »Weil ich mich nicht mehr wie ein Felix fühle.«

»Und wie fühlt sich ein Felix?«

»Eingesperrt.«

Stack musste sich ein Grinsen verkneifen. Offenbar erhöhten kleinere Schläge auf den Hinterkopf dann doch das Denkvermögen. *Oder die Chance auf ein monatelanges Koma. Wann bist du bloß so zynisch geworden, du alter Sack?* Er schüttelte den Gedanken unwillig ab.

»Was sagen deine Eltern dazu?«, fragte er.

»Mein Vater gibt sich Mühe. Meine Mutter nennt mich weiter Felix. Sie erträgt es schlecht, wenn Dinge sich ändern. Man muss dafür Verständnis haben, oder?«

»Wenn du das sagst.«

Es war nichts mehr zu wollen, das mühsam zurückgehaltene Grinsen brach sich endlich Bahn. Der neue Winterjunge gefiel Stack. Im Gegensatz zu Anders hatte Felix nicht durch Selbstbewusstsein geglänzt. Geradezu verdruckst war er gewesen, als Stack ihn kennenlernte, und er war es geblieben, auch dann noch, als er und Stack längst aufeinander eingespielt waren. Felix hätte sich außerdem niemals allein in die Stadt gewagt. Oder eventuell doch, wenn die Fliederfarbene ihn gelassen hätte.

Anders schaute ihn geduldig an. Stack, der nichts mehr zu sagen hatte, aber von dem drängenden Gefühl erfüllt war, noch etwas sagen zu müssen, zeigte hilflos auf die Zeitschriftenständer.

»Bist du wegen der Comics hier?«

»Nein.« Anders hob beide Hände, wie um zu zeigen, dass sie leer waren. »Ich hab eine Briefmarke gebraucht. Und Sie?«

»Die Tageszeitung.«

»Der Brief ist wegen Gerry«, fuhr Anders fort, »der ist mein Pfleger aus dem Krankenhaus. Er hat ein bisschen Angst vor mir, aber das wird bestimmt irgendwann besser.«

Wieder musste Stack grinsen. Und bei den nicht anders als leutselig zu nennenden nächsten Worten an sich halten, um nicht laut aufzulachen.

»Außerdem ist Gerry verliebt in meine Ärztin, die wohnt neben uns in der Ulmenstraße. Und er denkt, dass sie es nicht weiß, aber sie weiß es natürlich längst, und er denkt, sie könnte niemals einen wie ihn lieben, aber in Wirklichkeit liebt sie ihn auch.«

»Tut sie das?«

»Aber sicher«, sagte Felix, ganz ernst. »Ihr Herz ist seinem so verbunden, dass nur ein Herz in beiden wird gefunden.«

Plötzlich verspürte Stack in seinem eigenen Herzen einen deutlichen Stich. Als wäre dort … oh, und es *war* dort … eine sehr schlecht verheilte Wunde, von der die Worte ein Pflaster gerissen hatten, und jetzt blutete sein Herz, blutete …

»Hast du das gedichtet?«, sagte er brüchig.

»Shakespeare.« Anders betrachtete ihn aufmerksam. Für einen Moment hatte Stack den Eindruck, dass er ihm erneut nahe kommen wollte, um an ihm zu riechen – das Kinn war bereits angehoben, die kleinen Nasenflügel bebten, sein ganzer Körper beugte sich zu Stack hin. Dann war der Moment vorbei, Gott sei Dank, das Kinn senkte sich, aber dafür hob sich jetzt der Blick, zogen die grauen Augen sich kurz, ganz kurz zusammen, weil etwas unmittelbar über Stacks Kopf die Aufmerksamkeit des Winterjungen auf sich zu ziehen schien.

Und dann war auch dieser Moment vorüber.

»Warum sind Sie denn traurig?«, hörte Stack Anders gedehnt sagen. »Weil Sie so alleine sind?«

Stack schluckte. Es gab niemanden, mit dem er über sein Innenleben redete. Zwar hatte er ausreichend Freunde und Bekannte, aber er wollte niemanden mit Gedanken und mit einer Trauer belasten, die ihn seit inzwischen mehr als fünfzehn Jahren begleitete. Und doch ...

»Ich vermisse meine Frau«, hörte er sich selber sagen.

»Wie lange ist sie denn schon tot?«

Nicht: *Ist sie weggelaufen? Leben Sie getrennt? Sind Sie geschieden?*

»Schon sehr lange. Seit fünfzehn Jahren.«

»Das tut mir leid. Soll ich Sie mal besuchen kommen?«

»Das wäre sehr schön«, sagte Stack. »Klagenbacher Weg, letztes Haus, oben am Waldrand. Aber du bekommst, das kann ich dir garantieren, großen Ärger mit deiner Mutter, wenn du das tust. Sie hat ein Problem mit mir.«

»Der andere hätte Ärger bekommen«, gab Anders mit sehr ruhiger Stimme zurück. »Ich nicht.«

## 7. – 22. SEPTEMBER
# EIN WENIG ZEIT VERGEHT

Ein wenig Zeit vergeht. Seit Melanie Winter den Verdacht hegt, dass ihr Sohn zuweilen heimliche nächtliche Ausflüge unternimmt, schreckt sie unregelmäßig aus dem Schlaf auf. Doch wann immer sie leise aufsteht und nach Felix sieht, findet sie den, tief atmend, traumversunken, in seinem Bett, bewacht von zwanzig glatthaarigen, hässlichen Hunden, die von den Wänden herunterstarren. Zu anderen Gelegenheiten schläft Melanie durch, um am nächsten Morgen mit der felsenfesten Überzeugung aufzuschrecken, dass es vergangene Nacht wieder so weit gewesen ist, dass Felix die Gelegenheit genutzt hat …

Ohne Wissen ihres Mannes zieht Melanie, bei der Garderobe im Flur, mit einem weißen Kreidestift hauchdünne Striche aufs Parkett, um die Sohlen von Felix' Schuhen und Stiefeln herum. André würde dergleichen nicht gutheißen. Er übt – und das ist mehr als bloß bedauerlich, es ist einfach nur verdammt ärgerlich! – zu wenig erzieherische Kontrolle über seinen Sohn aus; das muss sich bald ändern. Die Nachrichten aus der Schule könnten auch besser sein. Felix zeigt sich überraschend gut in den ihm früher so verhassten Naturwissenschaften, lässt aber dafür – es ist, als hätte er seine Lieblingsfächer getauscht – Deutsch und Englisch links liegen, und jede diesbezügliche von Melanie geäußerte Kritik perlt sowohl von Felix selbst, aber auch von André ab wie die Tropfen von einer frisch imprägnierten Handtasche.

Was die Kontrollen der Schuhe ihres Sohnes betrifft, so fallen diese regelmäßig negativ aus. Offenbar finden keine nächtlichen Ausflüge mehr statt. Fast widerwillig kommt Melanie Winter zu dem Schluss, Felix habe wohl doch nur kurzfristig geschlafwandelt. Doch das hält sie nicht davon ab, regelmäßig die Kreidelinien zu erneuern.

Eckhard Stack könnte Melanie Winter insoweit in ihrer Schlussfolgerung unterstützen, als er auf seinem Anwesen keine nächtlichen Besuche mehr erhält – falls er denn überhaupt je einen erhalten hat. Je weiter jener neblige Abend zurückliegt, umso mehr überzeugt Stack sich selbst davon, nur einem Trugbild aufgesessen zu sein. Nicht etwa, dass er seitdem gezielt nach einem eventuellen nächtlichen jungen Besucher Ausschau hält. Eher blickt er tagsüber zum Gartenzaun, auf dem manchmal Romy sitzt und manchmal nicht, als ob sie gleichfalls auf etwas wartet und sich wie ihr Herrchen fragt, ob der Winterjunge sich wohl an das Gespräch in Golds Lädchen erinnert und ob er demnächst den Weg zu ihnen finden wird oder nicht.

Manchmal an solchen Tagen, bevor seine nicht erfüllte Erwartung ihn völlig niederziehen kann, geht Stack die knapp zweihundert Meter bis zu jenem Wiesengrundstück, auf dem sich bis zum Sommer vergangenen Jahres die Hühnerscheune befunden hat. Der Boden ist an vielen Stellen immer noch versengt, schwarz, rußig; nichts will dort noch wachsen oder gedeihen, was aber, man muss gerecht bleiben, auch daran liegt, dass wortwörtlich kein Gras mehr wächst, wo Hühnervieh längere Zeit gelebt hat. *Sechzig Tiere,* denkt Stack traurig. *Einundsechzig, die Romy mitgezählt.*

Am oberen Grundstücksrand, gleich unterhalb der ersten Baumreihe, ein alter Kiefernbestand, steht eine Holzbank, hier nimmt Stack gern Platz. Die Bank bietet unverstellten Ausblick auf den Schauplatz des Dramas vom letzten Sommer. Es ist bald zwanzig Jahre her, dass er hier seiner Frau ihren alten Lebenstraum erfüllt und einen kleinen Hühnerhof hochgezogen hat. Elke Stack starb drei Jahre nach Fertigstellung, den Hof betrachtete Stack als ihr Vermächtnis und führte ihn weiter. Es waren frei laufende Tiere verschiedener Rassen, liebevoll von ihm versorgt, deren Eier auf Wochenmärkten reißenden Absatz fanden. Diese Einnahmequelle – Reichtümer hatten sich damit eh nicht erwirtschaften lassen – ist im vergangenen Jahr versiegt, als Freigehege und Scheune, daneben der Geräteschuppen, vollständig abbrannten. Alle Hennen sind darin, wie üblich nachts, eingeschlossen gewesen, nach wochenlanger Sommertrockenheit hat das Gebäude gebrannt wie Zunder. Die Feuerwehr war schnell vor Ort, aber nicht schnell genug. Übrig blieb allein die traumatisierte Romy, Hand- und Armschwingen des linken Flügels komplett verbrannt, sonst unverletzt.

*Mein altes Kackvieh.*

Felix Winter, inzwischen Anders, überlegt Stack, hat das Tier noch nie zu sehen bekommen. Brandstiftung, Versicherungsbetrug ... Nichts Genaues hat man nicht gewusst letztes Jahr, und mangels Spuren und Zeugen und damit eines greifbaren Täters haben die kleinstädtischen Stammtische kurzerhand ihn, Eckhard Stack, in den Rang des Hühnermörders erhoben. Opfer zum Täter zu erklären ist aber auch wirklich eine zu gute und zu bewährte Tradition, um ausgerechnet angesichts sechzig verkokelter Hühner damit zu brechen.

Die Fliederfarbene hat nicht mal angerufen oder gar eine Karte geschickt. Felix Winter ist, wie die meisten anderen von Stacks Nachhilfeschülern, einfach nicht mehr zum Unterricht erschienen.

Laura Wickert liest den Brief, den sie erhalten hat, genau sieben Mal, bevor sie sich ein Herz fasst und bei Gerry Brückhausen klingelt. Seine Adresse steht im Telefonbuch, sie hat sie dort schon vor Monaten herausgesucht; eines Nachts ist sie mit dem Wagen bei ihm vorbeigefahren, langsam, an einem kleinen, dunklen Haus.

Vor der Tür hebt sie eine Hand und legt sie in den Nacken, wie um zu überprüfen, ob ihr Pferdeschwanz sich nicht versehentlich gelöst hat. Als Gerry öffnet und sie entgeistert anstarrt, setzt kurz ihr Herz aus, und sie weiß, dass es erst wieder zu schlagen beginnen wird, wenn sie ihn bei den Schultern packt und ihn an sich zieht, um ihn genau so zu küssen, wie sie es sich schon als Mädchen immer vorgestellt, es aber noch bei keinem Mann getan hat. Also tut sie es jetzt, und Gerry küsst sie zurück, und zu einer beidseitigen Ernüchterung kommt es erst viele, viele Atemlosigkeiten später, als Laura murmelt:

»Wirklich, ich hätte mich nie getraut, wenn du den Brief nicht geschickt hättest.«

»Welchen Brief?«

Es sind vor allem zwei Fragen, die Gerry Brückhausen und Laura Wickert in den kommenden Tagen (und irgendwann auch Nächten) immer wieder neu beschäftigen. Die erste dreht sich um das Rätsel, anhand welcher Dokumente der Briefschreiber oder die Briefschreiberin – Laura würde jede Wette eingehen, dass es eine Frau ist – gelernt hat, Gerrys Handschrift vielleicht nicht absolut perfekt, aber doch mehr als präsentabel zu imitieren.

»Er –«

»– oder sie –«

»– hätte doch seine eigene oder, was weiß ich, sogar eine völlig beliebige Handschrift benutzen können. Meine Güte, er hätte es auch am Computer ausdrucken können!«

»Nein, das hätte nicht funktioniert«, erwidert Laura. »Ich kenne deine Schrift, vergiss das nicht. Übergabeprotokolle, Notizen, die Einkaufsliste am Kühlschrank im Schwesternzimmer ... Ich wäre misstrauisch geworden, wenn ich nicht deine Schrift im Brief erkannt hätte.«

»Und dann?«

»Keine Ahnung. Vermutlich wäre ich zu Hause geblieben. Und niemals in den Genuss deiner warmen Haut gekommen.« Laura kuschelt sich an Gerry und bedeckt seinen Nacken mit kleinen Küssen. »Aber so ... Ich hab keine Sekunde daran gezweifelt, dass der Brief von dir stammte. Ich meine, sogar der Tonfall hat gestimmt. Beim Lesen war es so, als hörte ich dich sprechen. Du sagtest –«

»Ich hab das nie gesagt.«

»Egal, sag's noch mal, auch wenn du's nie gesagt hast«, und auf jedes Wort, das Gerry jetzt flüstert, folgt ein weiterer winziger Kuss.

Die zweite Frage ist noch schwieriger zu beantworten: Wer hat überhaupt von Gerrys Gefühlen für Laura gewusst? Gerry ist kein Schwätzer, er hat, das beschwört er, nur einen Menschen in seine Liebe zu Laura eingeweiht, und das ist –

»Deine Mutter?«, schnappt Laura. »Na dann ... Sie wird es beim Friseur ausposaunt haben, oder beim Arzt, im vollbesetzten Wartezimmer. Du kannst es auch gleich in die Zeitung setzen, wenn du vorhast, es deiner Mutter zu erzählen.«

»Mama ist diskret.«

»Keine Frau ist diskret. Glaub's mir, ich bin selber eine. Frag deine Mutter. Frag sie, ob sie dich irgendwo verpetzt hat.«

Gerrys Mutter reagiert auf die anklagende Anfrage einigermaßen verschnupft.

»Junge, ich bitte dich! Als ob ich mir je behalten hätte, wer deine aktuelle Flamme der Saison war.« Eine kurze Pause in der Telefonleitung. »Ist sie bei dir, die Neue?«

»Ja.«

»Stell auf Lautsprecher. Hast du?«

»Ja.«

»Keine Mutter auf der Welt würde mit einem Weiberhelden wie dir hausieren gehen! Es ist ein Wunder, dass du noch nicht unfreiwillig Vater geworden bist! Oder bist du? Passt bloß auf, hörst du mich, Gerald Brückhausen? Hallo Neue, hören Sie mich? Ich will noch keine Enkel! Alles, aber bloß keine Enkel! Ich brauche noch mindestens zehn Jahre, um über diesen Sohn wegzukommen!«

Im Gegensatz zu seiner Frau soll André Winter in diesem Spätsommer nur ein einziges Mal aus dem Schlaf schrecken, mit jagendem Herzen, klebrigen, eisigen Schweiß auf der Brust. In dieser Nacht träumt er, dass Dr. Baumgart ihm gegenübersitzt in einem tiefen, altmodischen, rostbraun bezogenen Ohrensessel. *Da wir in Sachen Amnesie keine Fortschritte machen,* sagt der Mann freundlich, *stelle ich mir seit einiger Zeit die Frage, ob es da vielleicht irgendetwas gibt, das Anders, unterbewusst natürlich, für sich behalten will. Womit er, verstehen Sie, womöglich seinen gesamten Heilungsprozess blockiert. Er fühlt sich nicht wohl, das wissen Sie doch? Er möchte so gern nach Hause.* Der Psychologe beugt sich vertrauensselig nach vorn. *Mit anderen Worten, André: Was ist es, an das dieser geistesgestörte kleine Hosenscheißer von Sohn sich partout nicht erinnern will? Hm? Finden Sie nicht auch, dass Sie sich und uns langsam ein paar Antworten schuldig sind? Hallo, Herr Winter? Nein?* Nein? *Wollen Sie wirklich den Hauptgewinn aufs Spiel setzen? Ist Alaska Ihnen etwa wirklich so* SCHEISSEGAL?

André wartet seit Wochen auf eine passende Gelegenheit, Anders unverfänglich auf dessen Laptop und die geschützte Datei anzusprechen. Zuletzt ergibt die Situation sich von ganz alleine, als er bei Anders anklopft, um ihn zu fragen, ob er Lust hat, ihn zum Einkaufen zu begleiten. Anders liebt es, die Preise der im Wagen landenden Waren zu addieren, und ihm unterläuft dabei nie ein Rechenfehler.

»Herein«, kommt es aus dem Zimmer.

André drückt die Tür auf. Der Laptop fährt gerade hoch, der Desktop wird sichtbar. André tritt neugierig näher. Die Hintergrundfarbe ist jetzt eine andere, stellt er fest, ein weiches Rot, aber FESTUNG und SCHLOSS befinden sich noch genau dort, in der oberen linken Ecke des Bildschirms, wo er die beiden Icons vor Wochen zum ersten Mal gesehen hat.

»Hast du es inzwischen geschafft?«, presst André hervor, bevor sein Mut wieder sinken kann.

»Die Festung zu knacken? Nein, hab ich nicht.«

Typisch für Anders, dass er sofort weiß, um was es geht. Typisch auch, dass er nicht ausweicht. Warum nur, warum ist es André dann so schwergefallen, ihn auf das vergessene Passwort anzusprechen?

»Es ist etwas Wichtiges, oder?«

»Bestimmt. Sonst müsste ich nicht immerzu daran denken.«

»Ob es dir wohl jemals wieder einfällt?«

Anders zeigt zur aufgehängten Karte der Milchstraße. »Das steht in den Sternen. Ich hab jedenfalls schon alles versucht, was mir in den Sinn gekommen ist. Den letzten Schwachsinn. Klappt nicht.«

André sieht das blasse Kindergesicht nur im Monitor gespiegelt, das Grinsen darauf wirkt verletzlich. Den nächsten Satz spricht er sehr vorsichtig aus.

»Was glaubst du ... Hattest du ein Geheimnis, letztes Jahr?«

»Ja.«

»Ein ... ein schwerwiegendes Geheimnis? Etwas Schlimmes?«

Anders dreht seinen Stuhl langsam zu André um. »Kann sein, oder? Aber dann war es sehr schlimm. So schlimm, dass ich nicht mit euch drüber geredet habe.« Seine Pupillen riesig, schimmernde schwarze Teiche mit glitzernden grauen Rändern. »Habe ich euch vertraut?«

*Grundgütiger!*

André schluckt. Woher soll er das wissen? Wer weiß überhaupt, was Kinder in ihren Seelen mit sich herumschleppen? Seine eigene Kindheit ist eine mit jedem erwachsenen Atemzug von den Rändern her weiter verblassende Erinnerung, ein fast schon unerreichbar fernes Land aus dünnen Aquarellfarben, aber wenn er Mist gebaut hatte, daran erinnert er sich gut, war da nie Angst vor einer konkreten Strafe gewesen, sondern eine ganz fürchterliche Angst vor Disharmonie, vor dem Gefühl, wegen einer aufgedeckten Verfehlung nicht geliebt zu sein, einem Gefühl, das ihm körperlich wehgetan hatte, auch noch in seiner Jugend, fällt es ihm jetzt ein, auch noch als Erwachsener, bis Mellie gekommen ist und *Ich liebe dich* gesagt hat, so, dass er es glauben konnte, und er weiß noch, wie er gezittert hat nach ihrem ersten Kuss, weil tief in ihm drinnen der alte Schmerz sich verlor wie Meerwasser, das sich mit der Ebbe zentimeterweise von einem grauweißen Strand zurückzog, zurück, zurück, zurück.

Ohne nachzudenken, legt er Anders eine Hand auf den Kopf. Die schwarzen Haare sind weich und seidig. Als sein Sohn klein war, als er noch Felix gewesen ist, hat André es geliebt, das Gesicht in diesen Haaren zu verbergen, daran zu riechen, diesen Kinderduft, den kein Shampoo der Welt überdecken kann, diesen Geruch, der dich so abhängig macht, tief in sich aufzusaugen. Er hat nie verstanden, wie manche Eltern, sobald sie auch nur einmal ihr Kind gerochen haben, es dennoch schlagen können.

»Falls dir irgendwann was einfällt«, sagt er, »kannst du dich mir anvertrauen. Ich hoffe, du weißt das. Was auch immer es ist oder war, kriegen wir zusammen geregelt. Okay?«

Der Kopf unter seiner Hand entzieht sich ihm mit einer leichten Drehung. Anders klappt den Laptop zu, steht auf und dreht sich zu André um. »Wir dürfen die Butter nicht vergessen«, sagt er. »Keine mehr da.«

»Ich hab dich lieb«, sagt André. »Schon immer für immer.«

»Er wird es erzählen.«

»Er kann sich doch gar nicht erinnern.«

Zum hundertsten Mal.

»Sagt wer? Sagt er! Und wenn er uns alle verarscht?«

»Ich glaube nicht, dass man Ärzte oder so einen Psychologen verarschen kann. Oder die eigenen Eltern.«

»Dann glaub ich's für dich mit – und jetzt?«

»Du könntest ihn –«

»Die verdammte kleine Schwuchtel!«

»Du könntest ihn ja drauf ansprechen.«

Eine ungläubige Pause. Dann:

»Tickst du noch ganz sauber?«

»Wieso denn nicht? Wenn du es ihm auf den Kopf zusagst –«

»Was denn genau?«

»Na, halt so was wie: Weißt du noch, was letztes Jahr im Sommer passiert ist?«

»Und nachdem ich das gesagt habe?«

»Achtest du genau drauf, wie er reagiert.«

»Und wenn er fragt, warum ich das wissen will?«

»Sagst du, du wolltest seinem Gedächtnis auf die Sprünge helfen. Dass ihm ... ja, genau! Dass ihm womöglich etwas Ungewöhnliches viel eher wieder einfällt als etwas Gewohntes. Du weißt doch, alle sind an ihm dran, dass er sich an sein normales Leben erinnern soll. Aber womöglich fällt ihm was Ungewöhnliches eher ein, weil ... weil's in seinem Kopf an einem anderen Platz gespeichert ist!«

»Am Platz für ungewöhnliche Dinge?«

»Genau. Am Platz für ungewöhnliche Dinge.«

Endlich ein Grinsen, wenn auch nur ein knappes.

»Er sagt besser Nein. Dass er sich nicht erinnern kann.«

»Sonst?«

Ein Achselzucken. »Sonst müssen wir uns was einfallen lassen.«

Sie haben fast ein Jahr lang Zeit gehabt, sich etwas einfallen zu lassen. Eine weitere Pause entsteht. Dann:

»Also gut, ich mach's.«

»Und wann?«

»Wenn's passt. Was weiß ich. Irgendwann, wenn mir danach ist.«

Er macht sich gar nicht schlecht im Unterricht. Die überwiegende Zeit hält er mit den anderen Schülern mit, unauffällig und gerade so, als wäre er nie fort gewesen. Zugegeben, das sollte ihm auch nicht schwerfallen nach der Zurückstufung um ein Jahr, wie man auch zugeben muss, dass seine Leistungen extrem fächerabhängig sind; in Sabines Deutschunterricht zum Beispiel ist, sehr zu ihrem Bedauern, Anders kaum zur Mitarbeit zu motivieren. Doch fehlende Motivation ist eine jahrhundertealte, unter Schülern weitverbreitete Infektionskrankheit, und die Perioden, in denen Anders geistesabwesend aus dem Fenster starrt, lässt man anderen Kindern gleichfalls durchgehen; sie fallen Sabine nur deshalb auf, weil sie Anders so gut wie nie aus dem Fokus ihrer Aufmerksamkeit entlässt. Schwieriger ist es, seinen Umgang mit anderen Schülern außerhalb des Unterrichts zu bewerten. Zwar kommt er mit den neuen Klassenkameraden gut zurecht, und die mit ihm; der Sensationswert seiner Person ist, weil es sich um eine freundlich-schweigsame Person handelt, rasch gesunken und Alltag eingekehrt. Aber in den Pausen bleibt Anders trotzdem nahezu ausschließlich bei sich; sieht man ihn mit anderen Schülern reden oder – sehr selten – lachen, darf man sicher sein, dass er es ist, der Gesellschaft gesucht hat, nie umgekehrt. Aber im Großen und Ganzen, versichert sich Sabine, im Großen und Ganzen kann sie zufrieden sein.

Dann kommt es, in kurzer Abfolge, zu drei Zwischenfällen, die sie zutiefst verunsichern. Der erste nimmt damit seinen Anfang, dass Siri Klatt ihren Fahrradhelm vermisst. Nicht weiter bemerkenswert, eigentlich; irgendein Kind vermisst immer irgendetwas, tags darauf ist es wiedergefunden, alles gut. Diesmal nicht.

»Wie sieht der Helm denn aus?«

»Weiß. Mit Blau am Rand rum.«

»Sicher, dass er weg ist?«

»Ja. Sonst war noch alles da.«

»Hat ihn vielleicht jemand versehentlich mitgenommen?«

»Mein Name steht außen drauf. Hinten. Aufgeklebt.«

Spinde, jenen der amerikanischen Highschools entsprechend, sind seit Ewigkeiten beantragt, es gibt aber noch keine. Die meisten Schüler hängen deshalb ihre Jacken, Taschen und eben auch Helme vor den Klassenzimmern auf, an Wandhaken oder mobilen Garderoben.

»Gut, aber womöglich hat ihn trotzdem jemand beim Weggehen verwechselt und war zu faul, ihn zurückzubringen, als er seinen Irrtum erkannte«, beruhigt Sabine das Mädchen. »Wir schauen morgen mal, ob die Reinigungskräfte was gefunden haben, hm?«

Der Helm thront am nächsten Morgen auf Siris Platz. Jemand hat das Wort *Angst* mit goldenem Edding daraufgeschrieben, dreiundzwanzig Mal, zählt Sabine, ein furchtbares, sinkendes Gefühl in der Magengrube, denn sie hat sofort ihre Handschrift auf dem Helm erkannt, die schwungvollen, rasanten Druckbuchstaben; sie ist immer stolz gewesen auf die Geschwindigkeit, mit der sie eine Tafel beschreiben kann. *Auf der irgendwer deine Handschrift studiert hat, um sie zu Hause zu imitieren und sie zu üben und zu benutzen.*

»Kein guter Scherz«, verkündet sie der Klasse, indem sie den Helm offensiv hochhält, gefasst darauf wartend, dass jeden Moment irgendein Kind die Schrift identifiziert. »Noch nicht mal ein verständlicher.«

Aber das goldene Wort *ist* verständlich, und zumindest Anders schaut Sabine mit einem wissenden Blick an. Sie reicht Siri den Helm zurück, schnell, damit das Mädchen das Zittern ihrer Hand nicht bemerkt.

»Du musst vor gar nichts Angst haben. Den Edding sollte man mit Nitroverdünnung abkriegen, habt ihr sicherlich zu Hause, frag mal deine Eltern, hm?«

Auf Anders' Lippen bleibt ein Lächeln zurück. Es ist so fein, dass Sabine sich später fragt, ob es nicht bloß purer Einbildung entsprungen ist, derselben Einbildung, die ihr versichert, dass es selbstverständlich nur Anders gewesen sein kann, der den Helm beschmiert hat.

Der zweite Zwischenfall ist gar kein Zwischenfall im engeren Sinne, aber die Angelegenheit fühlt sich genau so an wie ein Zwischenfall: wie etwas, das einem zustößt und an das man, ob man will oder nicht, immer wieder zurückdenken muss, ähnlich wie ein Kind, das sich beim Spielen das Knie aufgeschlagen hat, es nachher nicht unterlassen kann, an der Kruste herumzupiddeln. Sabine hat die Klasse einen Aufsatz schreiben lassen, er trägt den Titel *Ein kühler Tag:*

*am*
*kühlen tag*
*muss*
*man sich nackt ausziehen und rausgehen damit man überall*
*auf der haut den schnee spürt*
*aber orange und rot*
*erschlagen*
*grün*
*und*
*blau*
*wenn es*
*sommer*
*wird*
*diese worte stehen für immer vor uns als schwarzer engel*

Kneift man die Augen halb zu, so dass der von Anders verfasste Text davor verschwimmt, sieht man den Engel mit seinen ausgebreiteten Schwingen. Und so absurd es ist: Sabine kann sich an kaum etwas in ihrem Leben erinnern, das ihr jemals mehr Furcht eingeflößt hätte.

Zuletzt ist da die Sache zwischen Nisse und Anders, die Sabine persönlich beobachtet, wenn ihr auch verborgen bleibt, um was konkret es zwischen den beiden Jungen geht. Diesmal führt sie keine Aufsicht, sondern steht während der Viertelstundenpause im Lehrerzimmer am Fenster, eine Tasse Fencheltee in den Händen, um sich zu wärmen; sie fühlt sich kränklich seit Tagen.

Draußen, auf dem Pausenhof, steht Anders, allein, den Kopf wie so oft in den Nacken gelegt, wie um den Himmel zu überprüfen. Sabine beobachtet ihn, sich dessen bewusst, dass dieses Beobachten langsam obsessive Züge annimmt, als es geschieht und, wie an Anders' erstem Schultag, sich plötzlich aus allen Richtungen Schüler zu ihm hin in Bewegung setzen. Sie tun es, ohne ihr Lachen, ihr Reden, das Gewische auf ihren Smartphones zu unterbrechen, als wäre ihnen eben mal so in den Kopf gekommen, den Standort zu wechseln. Sabines Hände krampfen sich um ihre Tasse. Es ist wie ein Tanz, der unhörbarer Musik und einer dem blinden Zufall überlassenen Choreografie folgt, dessen Tänzer aber ein so regelmäßiges Muster erzeugen wie das berühmte Sierpinski-Dreieck aus der Chaosforschung. Bloß ist, was die Kinder formen, weder ein Dreieck, noch sind es, wie beim letzten Mal, konzentrische Kreise. Diesmal bilden sie eine quer über den Hof reichende und dabei vier, fünf Leiber tiefe, atmende Mauer. Bemerken die denn nicht, was sie da tun?

Nisse kommt aus dem Irgendwo und durchbricht die Mauer, indem er sich rigoros hier, dort, überall zwischen den Kindern hindurchdrängt. Er baut sich breitbeinig vor Anders auf und spricht auf ihn ein, drängend, nur wenige Worte, wartet auf eine Erwiderung und spricht, als keine kommt, erneut und ein wenig länger als zuvor, heftiger. Er hebt eine Hand, das könnte man als Drohgebärde auffassen. Die Mauer beginnt sich aufzulösen, verwebt sich zu einem diffusen Durcheinander, aus dem aber binnen Sekundenbruchteilen einzelne Kinder mit blitzenden Augen sich lösen wie ...

Keines findet sein Ziel, es ist nicht mehr nötig. Anders hat sich auf die Zehenspitzen gestellt und Nisse sanft bei den Schultern genommen. Er flüstert ihm etwas ins Ohr. Selbst über die Entfernung hinweg kann Sabine sehen, wie Nisse zusammenzuckt und schlagartig erbleicht. Sein erster Schritt rückwärts ist ein stolpernder, der nächste bringt mehr Sicherheit, dann ist Nisse herumgewirbelt und stapft so schnell davon, wie es eben möglich ist, ohne vor ihm nachstarrenden Schülern das Gesicht zu verlieren. Bloß ist da niemand, der ihm nachstarrt. Die übrigen Kinder verstreuen sich langsam, definitiv ziellos diesmal, in alle Richtungen, keines von ihnen scheint Anteil genommen zu haben an dem Geschehen. Ein Junge aus einer der Parallelklassen schlendert auf Anders zu, Kaugummis in der ausgestreckten Hand, irgendeine bei den Kindern gerade angesagte Marke, die Sabine an der schrillen Packungsfarbe erkennt. Anders lächelt dem Jungen entgegen, nimmt einen Kaugummi, und die beiden beginnen eine Unterhaltung. Anders lacht.

Sabine friert. Sie legt sich eine Hand an den Hals. Sie hasst den sie anfliegenden Gedanken, aber er lässt sich nicht abwehren, die Frage stellt sich ihr wie von selbst: gegen wen die lebende Barrikade eigentlich gerichtet gewesen ist und welchen der beiden Jungen sie tatsächlich beschützt hat. Sie hält nach Nisse Ausschau, aber der ist verschwunden. Angst hat ihn vertrieben: ein goldenes Wort, ein schwarzer Engel, ein geflüstertes Geheimnis.

Man muss den Fluss queren, dazu nutzt man die Brücke, und wenig später, sich hügelan haltend, muss man die zwei großen alten Siedlungsgebiete der Weltkriegsflüchtlinge hinter sich lassen, bis zuletzt die Reihen der kleinen Häuser mit ihren oft winzigen, liebevoll gepflegten Vorgärten ausdünnen und Wiesen und Weiden Platz machen. Die Straße flacht endlich aus und endet hier, ein Feldweg schließt sich an, der Klagenbacher Weg, es sind dann noch hundert Meter bis zum letzten Haus oben am Waldrand, einem kleinen Gehöft. Dem Wegrain hinter dem Gehöft folgend, gelangt man zu einer großen Wiese. In mondhellen Nächten lässt sich erkennen, dass der Boden hier verbrannt ist, karg und unfruchtbar, und sollte es eines weiteren Beweises für eine vergangene Feuersbrunst bedürfen, so muss man bloß die wenigen verbliebenen Scheunenbretter betrachten, die sich verkohlt, fingergleich, gegen den Himmel strecken.

In manchen Nächten kommt ein Junge aus der Stadt herauf. Meist beobachtet er nur, wie ein alter Mann ein einzelnes Huhn in den kleinen, hundezwingerartigen Verschlag bringt, wie später einzelne Lichter im Gehöft angehen und zuletzt wieder erlöschen. Aber manchmal zieht es den Jungen im Anschluss zur Wiese, wo er eine halbe Stunde steht oder länger, bewegungslos, ein undeutlicher Teil der Dunkelheit. Nur hier findet der Junge wirkliche Ruhe, nur hier schweigt sein Kopf, der sonst schier zu bersten droht unter den unaufhörlichen und gleichzeitigen Eindrücken kaskadischer Worte und disharmonischer Musik, und nur hier schweigt sein Körper, in dem jede Farbe, sobald sie seine

Augen trifft, einen Geruch erzeugt, jedes Lichtpartikel einen Geschmack, und der von innen verbrennt, weil er Luft als Feuer einatmet, und der sofort wieder abkühlt, weil er sie als Schnee wieder entlässt.

Zuletzt der Rückweg. Falls es geregnet hat in einer dieser Nächte, trocknet der Junge, sobald er wieder zu Hause angekommen ist, seine Schuhe mit einem alten Handtuch ab. Anschließend, vor der Garderobe, stellt er sie sehr sorgfältig und passgenau in die dünnen Kreidelinien zurück, die jemand dort gezogen hat.

23. SEPTEMBER

# BLUTBAUM

»Es haben sich Eltern gemeldet, die machen sich Gedanken. Der Junge verängstigt einige Mitschüler. In jedem Fall verunsichert er sie.« Kammthaler hob einen von ihm selber beschriebenen Zettel hoch. Sollte aussehen wie eine Gedächtnisstütze, war aber nur, wusste Sabine, ein dramaturgisches Mittel. Was auch immer auf dem Zettel stand, war von Kammthaler längst auswendig gelernt.

Sie hatte nur drei Schritte in den Raum gemacht, um dann stehen zu bleiben. Jetzt huschte ihr Blick von links nach rechts, während der Direktor den Zettel vor sich auf dem Schreibtisch ablegte und sich dann mit beiden Händen daraufstützte, den

Blick gesenkt, als wollte er ihn nochmals eingehend studieren. Sein Büro war der am besten aufgeräumte, der sauberste und der unterkühlteste Raum in der ganzen Schule, ausgenommen vielleicht das Chemielabor. Keine Pflanzen auf den Fensterbänken. Keine Bilder an den Wänden, nur ein großer Schuljahreskalender. Keine Fotos auf dem Schreibtisch, die auf ein Privatleben hindeuteten – der Direktor hatte eine Frau und zwei Kinder, beide studierten, die Tochter in Freiburg, der Sohn im Ausland, Amerika, irgendwas mit –

»Ich hab das mal zusammengefasst«, grätschte Kammthaler in den Gedankengang hinein und sah von seinem Zettel auf. »Ihr Felix –«

»Er ist nicht mein Felix.«

»Nein, er ist jetzt Ihr Anders. Richtig?«

Sabine hätte später mit seinem berühmten Lächeln gerechnet, das aussah, als würde die Katze aus *Alice im Wunderland* eben Eiswürfel zwischen den Zähnen zerbeißen, und von dem einer ihrer Kollegen einst gemeint hatte, er würde es Kammthaler liebend gern so tief mit der Faust in die Fresse drücken, bis es am anderen Ende seines Verdauungstrakts wieder rauskam. Dem *verkniffenen* Ende seines Verdauungstrakts waren die genauen Worte gewesen. Sabine konnte dem Kollegen diese Regung nachfühlen.

»Was sollte ich machen?«, sagte sie mit einem bewusst unschuldigen Achselzucken. »Auf Felix reagiert er nicht, auf Anders schon.«

»Sicher. Und morgen steht der Nächste auf der Matte, um sich umtaufen zu lassen, und übermorgen dürfen wir die Akten von fünfhundert Schülern umschreiben.«

»Es wird niemand kommen. Ich hab mit der Klasse darüber geredet. Anders' Psychologe meint, diese Namensänderung sei bloß eine vermutlich kurzfristige Form der Identitätsfindung infolge der Amnesie.«

»Psychologen sind Schwätzer«, murmelte Kammthaler unbeeindruckt. Er blickte erneut auf seinen Zettel. »Ihr Felix hat zwei Eigenarten bezüglich seiner Mitschüler entwickelt.«

*Ach, nur zwei?*

»Da ist zunächst die Sache mit den Farben – Sie kennen das?«

Sabine nickte, wohl wissend, dass Kammthaler den Sachverhalt trotzdem zusammenfassen würde. Er hatte seinen Text gelernt, jetzt würde er ihn aufsagen, alle von ihm eingebauten dramaturgischen Kniffe, jedes wohlplatzierte Stirnrunzeln, jede rhetorische Wendung inklusive, und jeden vermeintlich überraschten Blick. Sabine untersagte sich, ihre Armbanduhr zu checken. Es war die viertelstündige Pause. Wenn sie sich ausreichend von diesem Arschloch beeindruckt zeigte – diesem *verkniffenen* Arschloch –, war sie in fünf Minuten draußen und konnte sich noch einen schnellen Kaffee genehmigen.

»Felix teilt offenbar ungefragt allen möglichen Menschen – nicht nur Schülern, die kleine Bengert hat ihn dabei gesehen, wie er das im Supermarkt mit einem Kunden zwischen den Regalen gemacht hat, ist wohl was Zwanghaftes – also, Felix sagt den Leuten, dass sie diese oder jene Farbe haben.« Das Wort *Farbe* unterstrich Kammthaler, indem er seine Finger kleine Anführungszeichen in die Luft setzen ließ. »Wie einer von diesen Esoterikern, die behaupten, Auras wahrnehmen zu können.«

»Auren«, verbesserte Sabine automatisch. »Ich habe mich über Auren informiert. Es scheint so, als –«

»Danke, kein Interesse.«

Kammthaler winkte ungnädig ab. Sabine biss sich verärgert auf die Zunge. Vielleicht hätte er sich gnädiger gezeigt, wenn sie ihn nicht verbessert hätte.

»Die andere Sache ist ernster«, sagte er.

*Jetzt kommt's.*

»Ihr Felix beschnuppert einen Jungen oder ein Mädchen und teilt dem Kind dann mit, dass es krank ist. Bis jetzt beschränkt sich das auf Erkältungen und Allergien. Aber Sie können vielleicht ansatzweise ahnen, was hier los sein wird, falls er beim nächsten Mal Krebs oder eine kaputte Herzklappe diagnostiziert.«

Sabine, die genau dieses Szenario nicht erst heute, und nicht nur ein Mal, durchgespielt hatte, atmete langsam ein und wieder aus.

»Was erwarten Sie?«

»Ich will, dass das aufhört. Bei allem Verständnis für seine Lage: Ich werde mir von diesem Jungen nicht auf der Nase herumtanzen lassen. Sie kennen ja das Procedere: Sie reden mit Felix und wirken dahin gehend auf ihn ein, dass er diesen Blödsinn zukünftig unterlässt. Er hat durch seinen Krankenhausaufenthalt weiß Gott genug Berühmtheit erlangt; falls da so eine Art Sucht nach Aufmerksamkeit bei ihm entstanden ist, soll er die sonst wo austoben, aber nicht an meiner Schule.«

*Denkst du, ich hätte kein Gehirn, du dämlicher Sack?*

Sabine hatte längst versucht, mit Anders zu reden, mehrfach, doch sie würde den Teufel tun, das Kammthaler zu beichten, nicht zuletzt, weil die Ergebnisse desaströs gewesen waren. Sobald Anders begriffen hatte, woher der Wind wehte, hatte er Sabine gnadenlos ignoriert. Sie einfach ausgeblendet. Und sie hatte sich willfährig ausblenden lassen, aus dem aberwitzigen Gefühl heraus, das, was Anders tat, sei ... nun, vielleicht nicht unbedingt richtig. Aber auch nicht unbedingt falsch. In einer paradoxen Regung schüttelte sie leise den Kopf, um Ordnung hineinzubringen.

»Was ist mit seinen Eltern?«, sagte sie.

»Die ziehen Sie hinzu, wenn das Gespräch mit ihm nichts bringt. Machen Sie ihm das deutlich: dass seine Erzeuger in der nächsten Runde hier antanzen werden. Gegebenenfalls«, Kammthaler seufzte merkwürdig geziert, »zusammen mit Bernd Karchner.«

Karchner war der Schulpsychologe. Er verfügte über kein eigenes Büro, bot aber zweimal wöchentlich Sprechstunden in einem jeweils freien Klassenzimmer an; ansonsten pendelte er auf Zuruf durch den Landkreis. Sabine hatte bisher wenig mit ihm zu tun gehabt, sie mochte ihn, er war ein ruhiger, überlegter Mann.

»Eben meinten Sie noch, Psychologen seien Schwätzer«, sagte sie.

»Die meisten, nicht alle«, konterte Kammthaler luftig. »Karchner ist in Ordnung, schätze ich.«

»Aber Anders wird bereits psychologisch betreut.«

»Ja. Wie man sieht, mit offenbar herausragenden Resultaten.«

»Woher wollen Sie wissen, dass es ohne diese Betreuung nicht schlimmer um Anders stände?«

»Das weiß ich nicht. Ich weiß bloß, dass wir jetzt eingreifen müssen und nicht erst, wenn die ersten Eltern hier persönlich auf der Matte stehen. Gespräch zunächst mit dem Jungen, dann mit den Eltern, dem Psychologen – *unserem* Psychologen –, das ist der vorgesehene Amtsweg, und den schlagen Sie bitte umgehend ein.«

Und das war es, worum es eigentlich ging, dachte Sabine, wirklich um nicht mehr als das: ein Einhalten des Amtsweges. Gleichzeitig war es der Grund dafür, warum sie Kammthaler noch nie hatte leiden können. Er betrachtete die Schule als gigantische Maschine, sich selber als deren stets gut geölten Motor, und Anders war für ihn nur eine lose Schraube im Getriebe. Ihr, Sabine, fiel die Rolle der Mechatronikerin zu, ihre Aufgabe war es, die Schraube wieder festzuziehen. Sollte das nicht gelingen, würde Kammthaler auch vor der letzten Konsequenz nicht zurückschrecken. Sie hätte ihren Hintern darauf verwettet, dass er sich diesen kleinen Höhepunkt seiner Rede für den Schluss aufgespart hatte, und sie behielt Recht. Kammthaler seufzte.

»Sollte Felix sich als zu labil erweisen, um regulär beschult zu werden, muss ich, das dürfte sich von selbst verstehen, einen Schulwechsel für ihn in Erwägung ziehen. Zu seinem eigenen Besten.«

Irgendwann würde irgendjemand diesem Kerl sagen müssen, wie vorhersehbar alles war, was er sagte oder tat. Sabine zählte einen kurzen Countdown herunter, dachte *Jetzt!* und traf exakt den Moment, in dem Kammthaler das Eiswürfellächeln aufsetzte. Sein Blick, den er kurz durch den Raum wandern ließ, schloss sie bereits gar nicht mehr ein.

»Das war's. Falls unerwartete Schwierigkeiten auftauchen, lassen Sie es mich wissen.«

Sabine nickte und wandte sich zum Gehen. »Reden Sie mit dem Jungen«, sagte Kammthaler in ihren Rücken, als sei ihm eben erst eingefallen, wie sein toller Zettel sich zusammenfassen ließ, um fünf verplemperte Minuten Lebenszeit in einen Satz zu gießen. Saftsack!

Sie brauchte den Rest des Tages, um sich abzuregen.

Am nächsten Morgen redete sie mit dem Jungen.

Es lief nicht so gut.

Ben stolperte über die Wiese. Herbstbeginn war heute, schoss es ihm durch den Kopf, aber es war seit Tagen ausnehmend warm, sowohl er selbst als auch Nisse und Anders trugen immer noch halblange Hosen. Hohes Gras schlug ihm gegen die nackten Beine und seine Hüften, Insekten flogen auf, brummend, sirrend. Die Luft roch seltsam würzig, krautig, fremd. Er fühlte sich unwohl. Englisch schwänzen außerdem, ausgerechnet. Er liebte Englisch.

*One man went to mow, went to mow a meadow ...*

Anders habe Stress gehabt mit der Rücker-Neufeld, hatte Nisse ihm auf dem Weg zum Kursraum zugeraunt, er sei stinksauer deswegen und wolle abhauen; also mitkommen, Kumpelpflicht, scheiß auf Schule, Abmarsch, Anders hat sich was ausgedacht!

Anders: Es war fast eine Erleichterung gewesen, ihn so nennen zu können. Denn er *war* anders; mit dem Felix von früher hatte er kaum noch etwas gemein. Dass selbst Nisse den neuen Namen sofort und widerspruchslos akzeptiert hatte, zeigte bloß, dass der genauso dachte.

Jetzt liefen die beiden vor Ben her. Nisse machte das einigermaßen geschickt: Sich an Anders hängen, aber dabei so tun, als führte er das Kommando. Ben zuckte innerlich die Achseln. Solange keiner auf die Idee kam, ihm das Kommando für irgendwas übertragen zu wollen, war es ihm gleichgültig, wer den Ton vorgab. Er folgte Nisse, weil Nisse Anders folgte. Wenn ihn das zum Letzten in der Reihe machte, dann bitte sehr und danke schön – als Letzter musste er wenigstens keine Entscheidungen treffen.

Mit Anders war das ... anders. Der brauchte nichts und niemanden, der war sich, auf fast unheimliche Weise, selbst genug. Was ihn anziehend machte, anziehender sogar als Nisse. Bens Respekt vor ihm war gewaltig, umso gewaltiger, als in den

Respekt sich eine gehörige Prise Furcht mischte. Denn der Unfall im letzten Jahr, das stand mal fest, hatte Anders auf jeden Fall das Hirn zerballert. Beweis: Neulich, im Matheunterricht, Geometrie, da hatte er sich verrechnet. Anders war deshalb völlig FASSUNGSLOS gewesen, wirklich, FASSUNGSLOS, in Großbuchstaben! Hatte, den Mund halb geöffnet, ungläubig auf den Tisch geglotzt, auf seine Hände, als hätten die sich verrechnet und nicht sein Kopf ... und nach zwei, drei Minuten, als gerade alle irgendwas in ihre Hefte kritzelten, das der Baumann vorne an die Tafel kreidete ... da hatte Anders, sich unbemerkt wähnend in der letzten Reihe und allein am Tisch, weil Fritjof Benner, der sonst neben ihm saß, sich eine fette Erkältung eingefangen hatte ... Anders hatte also seinen Zirkel aus dem Mäppchen genommen, ihn aufgeklappt und sich blitzschnell in den linken Arm gerammt. Ihn wieder rausgezogen und abgewartet, bis ein dicker, schwarzer und irgendwie klumpig wirkender Blutstropfen sich gebildet hatte. Dann ein zweiter Stich und ein dritter, abartig schnell, unglaublich präzise, und plötzlich hatte Anders aufgeschaut, als hätte er die ganze Zeit gewusst, dass Ben ihn beobachtete, und die drei Wunden auf seinem Arm hatten deutlich ein Dreieck gebildet, von dem Ben, ohne es nachzumessen und bei seinem Leben geschworen hätte, dass es auf den Millimeter genau gleichschenkelig war.

Er holte tief Luft. Es war ungemütlich drückend hier draußen. Der wolkenlose Himmel hing grau über dem Land, wie glanzlose Alufolie. Er blickte über die Schulter. Die Schule, hinter

Obstbaumreihen verborgen, lag erst hundert Meter hinter ihnen. Als sie erbaut worden war, mitten am Rand des alten Auengebiets, nur wenige Hundert Meter entfernt vom Fluss, eingebettet in großflächige Streuobstwiesen und Schafweiden, war diskutiert worden, ob man den modernen Gebäudekomplex einzäunen oder offen lassen solle – man hatte nicht riskieren wollen, dass Kinder sich während der Pausen oder nach Schulschluss in Richtung Lahn absetzten. Zuletzt aber hatte man darauf vertraut, dass die Schüler die Grenzen des Schulgeländes einhalten würden. Was weitestgehend auch der Fall war, denn wer kam, überlegte Ben, auch schon freiwillig hierher? In den Wiesen lauerten alle möglichen krankheitsübertragenden Stechviecher und Zecken, die einem irgendeine Hirnseuche verpassten. Von der herumliegenden Schafscheiße ganz zu schweigen, wenn die Viecher gerade eine Weide gewechselt hatten. Und das Flussufer war tatsächlich ungesichert, da trieb man, wenn man den Meter nach unten fiel, schneller ab, als man *Schlauchboot!* schreien konnte, und dann hieß es *gluck, gluck, tschüssikowski!*

Ben blieb abrupt stehen.

»Ey, Leute!«

Anders und Nisse drehten sich zu ihm um.

»Es geht nicht, sorry«, sagte Ben. »Ich muss zurück. Englisch ist unsere letzte Stunde. Danach holt meine Mutter mich ab.«

Nisse verdrehte die Augen. Anders glitt durch das Gras auf Ben zu. Wirklich und wahr, man sah nicht, wie seine Beine sich bewegten, er schien tatsächlich keine Schritte zu machen, sondern zu gleiten, schnitt durch das Gras wie durch Wasser. Dicht vor Ben machte er halt. Ben hatte nie zuvor bemerkt, von welch glänzendem Silbergrau seine Augen waren. Wie voll davon sie waren. Anders lächelte, und nachher hätte Ben nicht sagen können, ob er selber dann weitergesprochen oder ob er die Worte nur gedacht hatte.

*Sie holt mich immer ab. Überall. Bringt mich hin und holt mich wieder ab. Man ist dauernd überwacht. Man kann nichts alleine machen. Mein ganzes Leben ist ein Scheiß-Überwachungsstaat. Sie kommt in mein Zimmer rein, ohne anzuklopfen. Wie soll'n das werden, wenn ich mal anfange, mir Pornozeugs im Netz anzugucken? Und ständig ist sie an mir dran: Was hast du vor, Schatz? Was denkst du, Schatz? Findest du nicht auch, Schatz?*

»Lass sie doch mal auflaufen.« Nisse hatte sich zu ihnen gesellt, Ben war es kaum aufgefallen. »Als erzieherische Maßnahme. Das klappt. Mit meinen Eltern mache ich das dauernd.«

Und plötzlich kam Ben nichts auf der Welt natürlicher vor, nichts gerechter als das. Seine Mutter auflaufen lassen. Die Schule auflaufen lassen. Die ganze Welt auflaufen lassen.

Das Silbergrau schien aus Anders' Augen herauszuströmen. Es sah tatsächlich wie Flüssigkeit aus, als könnte man es trinken.

»Was willst du eigentlich hier?«, fragte Ben.

»Klettern«, sagte Anders und trat beiseite.

Später, am Abend dieses schrecklichen Tages, überlegte Ben, dass er eigentlich schon darauf hätte kommen müssen, als sie genau diesen Weg in Richtung Fluss genommen hatten. Er sah

Anders wieder vor sich, wie er beiseitetrat und jede Erinnerung an das Silbergrau dabei einfach mit wegwischte, und er sah Nisse, wie der sich umdrehte und weit über die Wiese schaute, sah ein nicht wirklich warmes Lächeln sein Gesicht erhellen, sah ihn anerkennend nicken und hörte ihn sagen: *Alter, die Blutbuche! Das ist nicht schlecht. Das ist gar nicht schlecht.*

Nein, das war wirklich nicht schlecht, auch wenn Nisse übertrieb. Die meisten Leute ließen das Blut weg und nannten den gigantischen Baum, der fünfzig Meter entfernt stand wie ein vom lieben Gott hinterlassener Urvater aller Bäume, einfach bloß die rote Buche, auch wenn es ein wenig merkwürdig war, überlegte Ben, dass er vor einer Minute noch an Blut gedacht hatte, wenn auch in einem anderen Zusammenhang.

*Nicht wahnsinnig anders.*

*Nur Anders.*

Er schüttelte den Gedanken ab. Die rote Buche war mit Abstand der höchste Baum in der Umgebung. Weit mehr als dreihundert Jahre alt, gewaltig im Umfang, ragte sie fast schwarz in den Himmel. Ihre ungeheure Größe wurde noch dadurch hervorgehoben, dass sie allein inmitten dieser ausgedehnten Wiese stand. Der Sommer war vorüber, die vor zwei, drei Wochen noch helleren Laubblätter hatten sich bereits deutlich ins Dunkle hinein verfärbt. Nicht mehr lange, und das Sonnenlicht würde diesen Baum in eine eigene Sonne verwandeln, wie schwerelos würde er dann auf der Wiese liegen als lodernder, scharlachroter Flammenball. Von seinem Standort aus bis zur Lahn war es nur ein Steinwurf, und hundertprozentig blickte man von oben, aus seiner Krone, direkt quer rüber zum Erler Loch auf der anderen Seite des Flusses. Bloß konnte man nicht so einfach rauf auf den alten Koloss. Untenherum war der Stamm völlig glatt, es fehlten dicke Äste zum Erklimmen, da brauchte es schon eine angelehnte Leiter. Die sie nicht bei sich hatten, aber wahrscheinlich war es sowieso verboten, den Baum zu besteigen. Nicht dass Anders sich durch ein Verbot davon abhalten lassen würde, oder Nisse, was das anging. Gut, aber zuerst ...

»Ich zeige euch was«, sagte Ben.

Fürs Schulschwänzen würde er sowieso bezahlen, da konnte er sich wenigstens alle Zeit nehmen, die er wollte. Er schob sich durch das Gras an Anders und Nisse vorbei und dann voraus, schweigend, von einem merkwürdigen Hochgefühl erfüllt. Nicht lange, und die Buche füllte ihr ganzes Blickfeld aus, aber Ben ließ den mächtigen Baum rechts liegen. Er hörte sein Laub lockend flüstern und er dachte: Später, wir kommen später zu dir. Anders und Nisse folgten ihm wortlos, er hörte das Rascheln ihrer Schritte im tiefen Gras. Er dachte an seine Mutter. Es wäre schön, zu wissen, dass sie ihm zur Strafe fürs Schwänzen und Nichtabmelden und für alles, was noch kommen mochte, den Kopf abreißen würde, aber er wusste, es würde schlimmer kommen: Sie würde mit ihm reden.

»Aber nicht jetzt«, flüsterte Ben. Er griff in die Hosentasche und drückte sein Handy aus. Das Teil war sowieso seit einigen Wochen defekt und funktionierte nur noch dann, wenn es wollte. Von seinen Eltern hatte er sich bereits ein neues gewünscht, war aber auf Weihnachten vertröstet worden. Bitte sehr, das hatten sie nun davon.

Das Gras wurde höher, von hohen, weißblütigen Doldengewächsen durchsetzt, und überall blühte und duftete mannshohes Springkraut; den Namen hatte er sich behalten von einem Ausflug mit dem Bio-Kurs im letzten Jahr. Dann war er am Fluss. Die schnell dahinströmenden, sich überschlagenden kleinen Wellen waren silbergrau, sie erinnerten ihn an irgendetwas, es war noch nicht lange her ... Vor Gott weiß wie vielen Jahren, das hatte sein Großvater ihm hier an dieser Stelle mal gezeigt, hatten Menschen einen Teil des Ufers mit kleinen, blauschwarzen Kopfsteinen bepflastert, das dort sichtbar war, wo nicht dicke, gebrochene Äste, Zweige und welkes Schilf – Treibgut der jährlichen Frühlingsfluten – darübergespült worden waren. Aus dem Wasser ragten in regelmäßigen Abständen dicke hölzerne Pfähle. Möglich, hatte sein Großvater gemutmaßt, dass hier früher ein Waschplatz gewesen war, eher aber ein Platz zum Angeln. Was, überlegte Ben, natürlich am besten zu der Geschichte vom Erler Loch passen würde. Man konnte es gut sehen von hier, es lag auf der anderen Seite des Flusses. Schwarzerlen breiteten ihre ausladenden Äste darüber aus, aber dennoch war da eine sichtbar dunkle Fläche, viel dunkler als die sie umgebenden Fluten.

»Das da drüben wollte ich euch zeigen«, sagte Ben. »Mein Opa hat's mir erzählt.«

»Was erzählt?«, sagte Nisse.

»Na, von der Nixe.« Ben zeigte aufs Wasser, auf die in ihrem Zentrum völlig schwarze Tiefe. »Unten, irgendwo zwischen den Felsen. Da geht's, was weiß ich, zehn oder zwanzig Meter runter.«

»Du spinnst ja.«

»Nein. Da lebt eine Nixe. Aber nicht so eine wie die bei Jack Sparrow.«

Beide liebten *Fluch der Karibik*. Die Nixen im vierten Teil der Filmserie hatte Nisse ziemlich sexy gefunden. Die waren auch gefährlich gewesen. Sehr gefährlich. Zu gefährlich für Ben, um sie gleichfalls sexy zu finden. Er hatte sie gefürchtet. Aber hier ging es nicht um Furcht. Er erinnerte sich an das Gespräch mit seinem Großvater, als hätte es gestern stattgefunden. Tatsächlich lag es bald zwei Jahre zurück, und wenn er es auch damals nicht wirklich verstanden hatte, so hatte er doch die Ernsthaftigkeit geliebt, mit der sein Großvater auf ihn eingesprochen hatte.

*Ihr geht kaum noch raus. Ihr seht das alles nicht. Ihr kennt die Geschichten dazu nicht, und bald ist keiner mehr da, der sie euch noch erzählen könnte.*

Ben hatte ihn gefragt, warum er sich Geschichten anhören solle, die dazu gedacht waren, ihm Angst einzujagen.

*Nicht Angst. Respekt. Diese Geschichten sollen dich Respekt lehren. Respekt ist Angst ohne Stacheln. Oh, und ohne das Kotzgefühl im Magen.*

»Mein Opa hat gesagt«, fuhr Ben fast trotzig fort, »das sei

ein Wissen, das verloren geht. Obwohl man die Kinder heute eigentlich nicht mehr warnen muss.«

»Vor zum Beispiel so was?« Nisse zeigte aufs Wasser.

Ben nickte bedächtig. »Mhm. Solche Geschichten, die sollten früher dafür sorgen, dass die Kinder, wenn sie unterwegs waren, allein oder als Gruppe ... Also, sie sollten dort nicht schwimmen gehen. Gefährliche Stelle, Wirbel und Untiefen und so. Aber heute geht keiner mehr allein im Fluss schwimmen.«

»Das liegt nicht an uns«, sagte Nisse. »Sondern an den Eltern. Die pissen sich zu sehr ein.«

Ben zuckte die Achseln. Wer wusste das besser als er? »Jedenfalls zieht sie dich runter«, sagte er schnell. »Die Nixe. Ihre Kinder wurden getötet, oder es war nur eins, hab ich vergessen. Von Fischern jedenfalls. Die wollten die Nixe vertreiben, weil sie ihnen die Fische wegfing oder so. Aber sie erwischten nur dieses Kind.«

»Was haben sie mit ihm gemacht?«

»Sie haben es erschlagen oder erstochen oder so.«

»Und gegessen?«

Ben schüttelte angewidert den Kopf. »Alter, du bist voll eklig!«

Nisse grinste. Er glaubte Ben kein Wort. Nicht mehr lange, das wusste Ben, und er selber würde es auch nicht mehr glauben. *Wenn du irgendwann nicht mehr an die Nixe glaubst, ist das ein Zeichen dafür, dass du erwachsen wirst,* hatte sein Opa gesagt. *Wer kein Kind mehr ist, für den gibt es keine Wunder mehr.*

»Fischstäbchen«, sagte Nisse, und er dehnte das Wort genüsslich.

»Jedenfalls, *diese* Nixe hier«, beharrte Ben, »die vom Erler Loch ...«

»Ist echt?«, sagte Nisse spöttisch. »Komm jetzt –«

»Dann geh doch rein!«, zischte Ben heftig. »Trau dich doch, hier zu schwimmen!«

Die Worte hatten sich nicht einfangen lassen. Es war unklug, Nisse herauszufordern. Aber Ben würde nichts Schlechtes auf seinen Großvater kommen lassen. Der hatte zuletzt, mit diesen komischen Schläuchen, die aus seiner Nase kamen, kaum noch sprechen können. Kaum noch atmen. Schließlich war er gestorben, voriges Jahr, aber Ben hätte noch eine haargenaue Zeichnung von ihm anfertigen können, von jeder Falte, jeder Runzel, jedem Flecken in dem alten Gesicht, und mit etwas Glück und Geschick hätte er auch das Strahlen in seinen Augen hingekriegt.

Nisse zuckte gleichgültig die Achseln. Sekunden später hatte er seinen Pulli über den Kopf gezogen und setzte an, seine Jeans aufzuknöpfen, als Anders ihm eine Hand auf den Arm legte.

»Mach das nicht«, sagte er ruhig.

»Ach, und warum nicht?«

»Weil da alles schwarz ist im Wasser. Überall.«

»Und? Von mir aus kann's auch blau oder rot sein, ich –«

»Weil du dann stirbst.«

Die Worte schoben sich unter die Kopfhaut und hoben sie

nach oben, ruckartig, wie um sie gewaltsam vom Schädel zu lösen. Es tat so weh, dass selbst Ben leise aufschrie. Nisse gab keinen Laut von sich, aber sein Gesicht hatte schlagartig alle Farbe verloren.

»Hör auf mit dem Scheiß«, sagte er brüchig.

Anders nahm die Hand von seinem Arm. »Ich hab's dir schon mal gesagt. Du stirbst, wenn du nicht aufpasst. Keiner hat so viele graue Pfeile über dem Kopf wie du.«

Dann war es also das gewesen, was letzte Woche zwischen den beiden auf dem Schulhof vorgefallen war, als Nisse, einem plötzlichen Impuls folgend, mit schneidender Stimme angekündigt hatte, Anders jetzt endlich ansprechen zu wollen. Ben hatte ihm nur von weitem dabei zugeschaut, angestrengt, auf Zehenspitzen, weil auf einmal abartig viele andere Schüler im Weg gestanden und die Sicht versperrt hatten. Zuletzt hatte er den Hals recken müssen, wodurch er gerade noch das Entsetzen auf Nisses Gesicht gesehen hatte, als der sich von Anders abwandte. Er hatte sich sofort wieder klein gemacht, plötzlich dankbar für die Barriere aus Kindern, die ihn verbarg. Hätte Nisse bemerkt, dass er in diesem Moment der Demütigung und Schwäche beobachtet worden war, so hätte er nicht gezögert, seine Wut darüber bei der nächstbesten Gelegenheit an Ben auszulassen. Mit Knüffen gegen die Arme, mit angeblich spielerischen Tritten von hinten in die Kniekehlen, mit flachen Handschlägen auf den Kopf, die immer ein wenig heftiger waren als nötig, und immer viel schmerzhafter. An diesem Tag hatte Nisse behauptet, es sei alles klar, er habe gefragt und Anders habe ihm glaubhaft versichern können, dass er sich an nichts erinnerte.

Jetzt lag Anders' Hand wieder auf Nisses Arm. Nisse nahm sie mit seiner freien Hand herunter, erstaunlich sanft – Ben hatte eigentlich erwartet, dass er ausrastete –, und setzte sich in Richtung Wiese in Bewegung. »Wolltest du nicht klettern?«, sagte er im Davongehen.

Der Trick war einfach, erkannte Ben fünf Minuten später. Jedenfalls, wenn man Anders war. Der begegnete dem Problem mit dem glatten, keine Kletterhilfe bietenden Stamm, indem er ihm gar keine Beachtung schenkte. Stattdessen stellte er sich drei, vier Körperlängen davon entfernt unter einen der ausladenden, mannsdicken und mindestens zehn Meter langen Äste, die in knapp zwei Metern Höhe über dem Boden hingen.

»Räuberleiter«, sagte er.

»Und dann?«, sagte Nisse.

»Macht einfach.«

Sie hievten ihn nach oben, zuletzt stand er, von ihnen beiden gestützt, auf ihren Schultern. *Fliegengewicht,* dachte Ben. Anders warf die Arme über den Ast und drückte sich ab, um sogleich, mit einem Strampeln, nach oben zu entschwinden. Ben und Nisse traten ein paar Schritte zurück, die Köpfe in den Nacken. Da rannte er schon. Rannte auf dem Stamm des dicken Asts, suchte den nächsten, höher gelegenen, zog sich daran wiederum strampelnd nach oben, orientierte sich kurz, rannte weiter, kletterte, katzenhaft und mit einer Geschwindigkeit, die Ben niemals für möglich gehalten hätte.

»Alter«, flüsterte Nisse neben ihm.

Je höher Anders kam, umso dünner wurden die Äste. Irgendwann war da nichts mehr, womit er sich gegen deren federnde Biegsamkeit wappnen konnte. Ab und an raschelte Laubwerk, wenn ein ganzer Ast sich durchbog und einen anderen dabei streifte oder sich kurzfristig darin verhakte. Schließlich verbargen Abermillionen dunkelroter Blätter Anders vor ihren Blicken. Wie hoch oben genau er war, hätte Ben schlecht sagen können, wie er auch kaum einschätzen konnte, bis wie dicht an die Krone Anders sich heranzuarbeiten vermochte.

»Bist du schon oben? Siehst du was?«, rief Nisse.

Keine Antwort.

»Anders?«

Für einen Augenblick drängte Ben sich ein Bild auf, wie Anders ganz oben, in der freien Spitze des Baums, so gut seine Füße noch Halt fanden, sich kerzengerade aufrichtete, ein Menschenfleck in einem Meer von Rot, der langsam die Augen schloss, die Arme zum Himmel hin ausbreitete und mit einem letzten federnden Sprung emporschnellte, denn er besaß brennende Flügel, schwarze Schwingen, die ihn tragen würden bis –

»Oh, SCHEISSE, Alter!«

Nisses Schrei war laut. Anders' Sturz war laut. Es war unverkennbar ein Sturz, ein sich von oben rasch näherndes Knacken und Zerbrechen, ein unseliges Rauschen, als drohte ein Wind über der Welt zusammenzuschlagen, ein bösartiger Sturm, und da kam der Körper, ein dunkles Ding, das den dunkelroten Baldachin über ihnen zerriss und das mit einer solchen Wucht durch die dicken Äste gedroschen wurde, dass Ben noch Tage später jeweils vier blaue, halbmondförmige Flecken in den Handinnenflächen hatte, wo seine Nägel sich tief in sein Fleisch gegraben hatten.

»Scheiße! Scheiße!«

Anders fiel und fiel und fiel, fiel unglaublich schnell, und dennoch hatte Ben den Eindruck, bequem das kleine Einmaleins bis hundert aufzählen zu können in all dieser Zeit, in der Anders nicht aufhörte zu fallen, nur dass vor Entsetzen keine Zahl in seinem Kopf noch einen Wert oder eine Bedeutung hatte und sein einziger Gedanke war: *Gleich ist er tot, gleich ist er tot, gleich ist er tot!*

Nach allem Krachen und Bersten zwischen Ästen und Zweigen erfolgte der Aufschlag des Körpers, gute drei Meter vom Stamm entfernt, nahezu geräuschlos. Ein dumpfes *Wump!* war alles, was man hörte. Das und den absurden Gesang irgendeines Vogels in irgendeiner Hecke, auf irgendeinem Baum. Unter der Buche wuchs kaum Gras, und auch nur wenig hoch, der Boden war vielmehr braun, fest und erdig, nur hier und dort trug er welkes Laub aus dem Vorjahr, durchsetzt von Bucheckern. Dort lag reglos, so fürchterlich reglos, der überraschend schmal wirkende Körper, ein dunkler Fleck auf dunklem Grund, und für den Bruchteil eines Moments musste Ben an eine TV-

Dokumentation über Totengräber denken, Käfer von einem Zentimeter Länge mit schwarz-orange gezackten Flügeldecken, die das Erdreich unter den Körpern toter kleiner Tiere unterhöhlten, bis deren Leichname langsam, aber unaufhaltsam im Boden versanken, wo sie bald darauf den Larven dieser Käfer als Nahrung dienten.

Ben hörte sich ein- und ausatmen. Er schaute zu Nisse. Freute der sich? Wenn Anders tot war oder an inneren Verletzungen starb, blieb ihr Geheimnis für immer bewahrt, denn Ben würde selber eher gleichfalls sterben, als es irgendwem zu verraten. Er warf Nisse einen heimlichen Blick zu. Auf Nisses halb herabhängender Unterlippe klebte ein Speichelbläschen. Der Schock hatte seine Augen geweitet, er starrte auf den gekrümmten kleinen Haufen Mensch unter der Buche. Der wünschte gerade niemandem den Tod.

Nisse schrie zum zweiten Mal laut auf, als unvermittelt Bewegung in Anders kam. Der hob den Kopf, schlug die Augen auf, stützte sich, unglaublich, mit den Händen nach hinten ab und versuchte sich langsam aufzusetzen. Ben glaubte für einen Moment, sein eigener Körper würde sich gleich vom Boden lösen, so groß war das Gewicht der Anspannung gewesen, die jetzt schlagartig von ihm abfiel. Er stürmte auf Anders zu, Nisse wie einen Schatten neben sich. Vor Anders ließ er sich auf die Knie fallen. Am liebsten hätte er ihn bei den Schultern genommen und geschüttelt. Stattdessen stützte er ihm den Rücken und half ihm dabei, endgültig eine sitzende Position einzunehmen.

»Was ist mit deinem Kopf?«, drängte er. »Sag schon, was ist mit deinem Kopf?«

Anders kniff die Augen zusammen. Er lauschte in sich hinein. Seine Augenbrauen rutschten nach oben, er schien selber verwundert. »Alles in Ordnung, glaube ich.«

»Tun dir Knochen weh.«

»Ja, aber nicht schlimm.«

*Mir das Herz, ganz schlimm.*

Ben rappelte sich wieder auf. Mit Nisses Hilfe wuchtete er Anders auf die Beine. Der stand still, schwankte kurz, stabilisierte sich. Fast sah er witzig aus, als er, wie ein Gliedermännchen aus dem Kunstunterricht, nach und nach seine Extremitäten bewegte, Arme und Beine hob, Füße und Hände kreisen ließ.

»Die Knochen sind wirklich okay«, stellte er fest.

Aber sein ganzer Körper war, wo Kleidung ihn nicht bedeckte, aufs Übelste zerschrammt. Ben und Nisse gingen einmal komplett um ihn herum. Es sah aus, als hätte ein Irrer mit rotem und schwarzem Edding überall längere und kürzere Striche auf die Haut gezeichnet, unzählige blaue Flecke durch die Prellungen würden später noch hinzukommen. Ein fast elegant zu nennendes Band aus winzigen hellroten Perlen säumte die Innenseite seiner rechten Wade fast über deren gesamte Länge, und ein weiteres solches Band zog sich quer über seine Stirn, dies aber dunkel; es sah aus, als schwitzte er Farbe. Wirklich schlimm erwischt hatte es seinen linken Arm. Irgendwo war ein Riss, aus dem Blut herauslief, viel Blut. Es bildete ein anhaltendes Rinnsal, das in Form dicker Tropfen etwa auf Höhe des Handgelenks zu Boden fiel.

»Du musst zum Arzt«, sagte Nisse. »Wir gehen ins Krankenhaus. Das sind zehn Minuten von hier. Kannst du laufen, oder wenigstens humpeln?«

»Bestimmt.« Anders zog die Nase hoch, hob den Arm an und betrachtete sein Blut, das die Fließrichtung änderte und sich in der Ellbogenbeuge zu sammeln begann, bevor es von dort heruntertropf-tropf-tropfte ...

»Tut das weh?«, sagte Ben.

»Mir geht's hervorragend, hervorragend«, erwiderte Anders. »Mir tut nichts weh, ich hab mich nie besser gefühlt. Gehen wir?«

»Er hat *was* getan?«, stieß Laura Wickert aus. Ihre Hände flogen über den auf der Pritsche ausgestreckten, halb nackten Kinderkörper, suchten, betasteten, drückten. Felix sah verheerend aus. Der linke Unterarm war mit einem Druckverband bereits provisorisch versorgt, aber die Vorstellung, er könne sich erneut am Kopf verletzt haben, versetzte sie fast in Panik.

Die Jungen, die Felix gebracht hatten, standen zu seinen Füßen. Der von den beiden, der Nisse hieß, zuckte die Achseln. »Geklettert. Und dann ist er runtergefallen.«

»Aus welcher Höhe?«

»Von ganz oben.«

»Das ist relativ. Wie hoch ist der Baum?«

»Es ist diese rote Buche. Die an der Lahn, der ganz alte Baum. Ich weiß nicht. Dreißig Meter?«

*Grundgütiger.*

»Und Felix war ganz oben?«

»Jedenfalls so hoch oben, dass wir ihn nicht mehr sehen konnten.«

Laura ließ von Felix ab. Er war bei Bewusstsein, hatte aber noch keinen Ton gesagt. Er wirkte entspannt, aber das mochte der Schock sein. Immerhin folgten seine Augen jeder ihrer Bewegungen. Das war gut. Alles andere war ... einfach nur Scheiße. Sie spürte Zorn in sich aufsteigen.

»Und ihr habt ihn da einfach raufklettern lassen?«, blaffte sie los. »Obwohl ihr wusstet, dass er sich letztes Jahr schwerste Kopfverletzungen zugezogen hatte? Verletzungen, die höchstwahrscheinlich zu seinem Gedächtnisverlust geführt haben und von denen wir bis jetzt noch nicht wissen, ob sie überhaupt schon alle verheilt sind?«

Nisse schaute betreten unter sich, jedenfalls sollte es wohl betreten wirken. Laura mochte ihn nicht. Die Augen des anderen Jungen, der sich als Ben vorgestellt hatte, glänzten verdächtig.

»Er war aber total fit, als er unten ankam«, sagte Nisse trotzig.

»Was meinst du mit fit?«, fuhr Laura ihn an. »Habt ihr gleich noch ein Fußballspiel drangehängt?«

»Wir haben –«

»Wie konntet ihr das zulassen?« Jetzt kochte ihr Zorn über,

und etwas in ihr wollte ihn auch gar nicht eindämmen. »Seid ihr völlig bescheuert oder verblödet? Braucht ihr 'ne App, die eure Köpfe aus euren Ärschen zieht? Mann, Mann, Mann!«

»Es war meine Idee«, wandte Felix von der Pritsche aus ein.

»Eine *Idee,* junger Mann, setzt Spuren von Intelligenz voraus!«, schnappte Laura in seine Richtung. »Du hattest einfach nur einen beschissen dämlichen *Einfall!*«

Ben starrte sie ungläubig an. Sein Kinn zitterte. Der Glanz in seinen Augen stand kurz vorm Überschwappen. Gut möglich, dass sie die erste Erwachsene war, die er je bewusst Schimpfworte an Kinder adressieren hörte.

*Es* sind *Kinder. Du musst dich abregen. Dein Geschrei ist nicht hilfreich. Schalt einen Gang runter. Besser zwei.*

Sie straffte die Schultern und zwang sich dazu, langsam und tief durchzuatmen. »Okay, Männer. Bitte entschuldigt meinen Wutausbruch, aber ... Als Felix letztes Jahr bei mir gelandet ist, hab ich mir solche Sorgen um ihn gemacht. Und ihr wisst, dass er noch nicht vollständig geheilt ist. Ich habe überreagiert. Das tut mir leid, ich bitte euch dafür um Entschuldigung. Okay?«

Zwei Jungenköpfe nickten.

»Gut«, sagte sie erleichtert. »Dann bitte ich euch jetzt um noch etwas, nämlich zu verschwinden, damit ich mir Felix gründlicher vornehmen kann. Verschwinden bedeutet, dass ihr euch vorn an der Rezeption meldet und von dort aus eure Eltern anrufen lasst. Ihr verlasst auf keinen Fall allein dieses Gebäude. Ihr könntet unter Schock stehen und Blödsinn veranstalten, und ich hab keine Lust, euch aus dem Profil eines LKW-Reifens zu kratzen. Verstanden?«

Zwei Jungenköpfe nickten erneut.

»Wer war so schlau, Felix direkt hierherzubringen?«

»Ich«, sagte Nisse.

»Gut gemacht. Wiedersehen.«

Ein letztes Doppelnicken, diesmal in Richtung Felix. Der wartete, bis die Tür sich hinter seinen beiden Freunden schloss.

»Mir geht's gut«, sagte er dann. »Mein Kopf hat nichts abgekriegt.«

»Woher willst du das wissen?«

Zur Not würde Laura ihn röntgen, auch wenn sein Kopf über das letzte Jahr hinweg so oft geröntgt worden war, dass das Krankenhaus ihm längst ein entsprechendes Sammelheftchen mit Rabattmarken schuldete. Sie sah ihn jetzt nur noch einmal die Woche. Seine Fortschritte waren von Anfang an erstaunlich gewesen, so erstaunlich, dass Laura heimlich immer noch befürchtete, sie könnten auf tönernen Füßen stehen. Ein Rückschlag würde dann doppelt schwer wiegen.

Sie knickte ihren Ringfinger ein und hob eine Hand. »Wie viele Finger sind das?«

»Vier.«

Sie ließ die Hand sinken.

»Wann hast du Geburtstag?«

»Elfter Oktober.«

»Und du heißt?«

»Anders. Winter.«

Sie stockte.

»Kriegen Sie keinen Schrecken. Vorher war ich Felix. Ich hab mich umbenannt.«

Sie atmete erleichtert ein. Den Namen geändert ... Um solchen Psychokrempel sollte Baumgart sich kümmern. Sie klappte den Daumen weg, hob die Hand hoch –

»Noch mal vier. Die von gerade eben dazu macht acht. Fehlen weitere zwei bis zur zehn. Die ziehe ich von meinem Geburtstag ab, addiere aber die übrigen Tage und den Geburtsmonat hinzu und komme auf neunundzwanzig. Das ist eine Primzahl.«

Laura lächelte. Die Woge der Panik ebbte endlich ab. »Gut, das sollte reichen. Und du hast ganz sicher keine Kopfschmerzen?«

»Ja.«

»Okay.«

Sie ging an die Schubladen, holte sterilen Verbandmull und tränkte ihn mit Kochsalzlösung.

»Das wird jetzt kühl.«

Das frisch verkrustete Blut ließ sich leicht entfernen. Gesäubert sah alles schon viel weniger dramatisch aus. Laura musterte zufrieden Wade und Stirn.

»Du hast großes Glück gehabt, bis auf den Arm müssen wir nichts weiter nähen. Für die Wade reicht ein Pflaster. Und für die kleineren Schrammen nehmen wir Wundkleber. Ich würde gern überall etwas Jod draufmachen, ist das okay?«

»Klar.«

Felix – Anders – war blass, aber seine Augen leuchteten und die Haut unter ihren Händen schien zu glühen. Der Junge strahlte eine beinahe greifbare Zufriedenheit aus.

»Warst du okay, als dir einfiel, dass du ja mal klettern könntest?«, fragte Laura, während sie ein Fläschchen mit Jodtinktur aus einem der Hängeschränke nahm. »Hattest du Kopfschmerzen oder so etwas?«

»Ich hatte nur ein bisschen Stress in der Schule gehabt«, antwortete Anders. »Meine Lehrerin hat mich durcheinandergemacht. Aber auf dem Baum war ich dann ganz klar in mir.«

»Klar?«

»Wie aufgeräumt. Ich hab immer so viel zu denken im Kopf, die Farben dazu und die Töne und alles. Es geht besser, wenn ich Sachen mache.«

Lauras Interesse war geweckt.

»Wie Klettern?«

»Yep. Oder auf einem Brückengeländer rennen.«

Sie kippte Jodtinktur auf etwas Mull. Das Gewebe verfärbte sich bräunlich. »Liegt das an der Höhe, was denkst du?«

»Nein. Es liegt – aua! – es liegt einfach daran, dass ich mich konzentrieren muss. Damit ich das Gleichgewicht halte, vorausdenke und so weiter. Wenn ich mich konzentriere, wird mein Kopf ruhig. Es funktioniert aber auch, wenn man sich unter die Bahnbrücke am Fluss setzt, und wenn der Zug darüberpoltert, schreit man, so laut man kann. Hat das mit Ihnen und Gerry geklappt?«

»Wie bitte?«

*Und so viel zum Thema Gleichgewicht halten.*

»Das Verlieben. Hat das geklappt?«

»Wir, ähm, wir sind zusammen, ein paar Wochen schon.« Am liebsten hätte Laura gefragt, was ihn das angehe, stattdessen aber sagte sie: »Woher weißt du davon?«

»Ich glaube, ich hab euch irgendwo in der Stadt zusammen gesehen. Und ihr saht so glücklich aus.«

*Wenn wir so glücklich aussahen, dann* hatte *es schon geklappt. Und wir waren noch nicht gemeinsam in der Stadt oder sonst wo.*

Sie platzierte einen der Hocker vor der Pritsche, wies Anders an sich aufzusetzen und besprühte ihm die Stirn mit flüssigem Wundpflaster. »Augen zu«, befahl sie.

»Aye, aye, Sir!«

Sie arbeitete konzentriert. »Er hat mir einen Brief geschrieben. Einen wunderschönen Liebesbrief«, nahm sie endlich bedächtig den Faden wieder auf. »Und dann, was meinst du wohl, stellt sich heraus, dass er sich gar nicht dran erinnern kann, ihn geschrieben zu haben.«

»Dann bin ich ja nicht der Einzige mit einer Amnesie.« Anders berührte das um ihren Hals hängende Stethoskop. »Das hat ein Franzose erfunden. Anfang des neunzehnten Jahrhunderts, aber seins war aus Holz, nur so eine Art Trichter mit vorne einer Auflageplatte dran. Klingt Herzschlag anders, wenn man verliebt ist?«

»Was wird deine Mutter zu deiner Kletteraktion sagen?«, sagte

Laura. Wenn dieser Zwerg glaubte, er wäre der Einzige, der abrupt ein Thema wechseln konnte, hatte er sich geschnitten. Aber sollte sie etwa ernsthaft in Erwägung ziehen, dass der Brief von diesem Kind …

»Meine Mutter dreht durch.« Anders ließ das Stethoskop los. Er sah ihr direkt in die Augen, in seinen eigenen lag eine Bitte. »Müssen Sie es ihr sagen?«

»Na, die vielen Pflaster lassen sich ja schwerlich verbergen. Und ja, selbstverständlich muss ich deine Eltern verständigen.«

»Können Sie meinen Vater anrufen statt meiner Mutter?«

»Sicher, das geht. Hast du Schiss vor deiner Mutter?«

»Nein. Ich will nur nicht, dass sie sich aufregt. Es führt bei ihr zu gar nichts. Sie spielt Topfschlagen in ihrem Kopf.«

»Was meinst du damit?«

»Sie dreht sich darin ständig im Kreis, aber sie sieht nichts, weil sie die Augen verbunden hat.«

»Verstehe.«

*Ziemlich beeindruckend, junger Mann!* Laura sah auf ihre Armbanduhr. Besprechung mit dem Chefarzt der Inneren in zehn Minuten, die konnte sie unmöglich sausenlassen. Zu schade. Sie hätte sich gern weiter mit Anders unterhalten. Sie warf den rotbraun besprenkelten Mull in den Mülleimer.

»Dann rufe ich deinen Vater gleich an.«

»Danke.«

»Und sag, hast du über das alles schon mal mit Baumgart geredet?«

»Über was?«

»Die Farben und Töne in deinem Kopf.«

»Nein.«

»Warum nicht?«

»Weil er so neugierig ist.«

»Ich bin auch neugierig. Oder?«

»Ja. Aber Sie geben es zu und tun nicht so, als wäre ich zu blöde, es zu bemerken.«

Anders lächelte sie an, Dutzende winziger Sterne glitzerten und tanzten in einem grauen Nachthimmel. Sie hätte ihn gern an ihre Brust gezogen, ihn gewärmt, ihm ins Ohr geflüstert, dass alles gut werden würde. Aber das schien er schon zu wissen.

»Komm, ich kleb dir doch noch ein kleines Pflaster auf die Stirn, bevor wir den Arm nähen«, sagte sie. »Sieht niedlich aus. Und sicher ist sicher.«

## 26. – 28. SEPTEMBER

# WARUM ENGEL FALLEN

Ein Kind stürzt von einem Baum. Die Mutter reagiert darauf zunächst erschreckt, dann verärgert. Sie lamentiert und verurteilt, sie beschimpft, zuletzt spricht sie Verbote aus. Tief empfundene, wahre Sorge um das Kind ist einer der Gründe dafür. Da ist aber auch die Angst, von Freundinnen, Nachbarn, Arbeitskollegen als schlechte Mutter betrachtet zu werden, die einen ohnehin schon vorbelasteten Sohn nicht hinreichend vor den Fährnissen des Lebens zu beschützen vermag. Dergleichen wird rasch, so kennt es Melanie Winter, mit sozialer Ächtung bestraft.

So dass ein kurzes Schweigen entsteht, sobald man einen Raum betritt.

So dass man im Supermarkt absichtlich übersehen wird.

So dass der Schulelternbeirat, in dem man bisher eine bevorzugte Position einnahm, einem das Vertrauen entzieht.

So dass Einladungen zu Kindergeburtstagen ausbleiben.

Doch, Melanie Winter kennt sich aus mit dergleichen. Denn genau so hat sie im vergangenen Jahr das Urteil über Eckhard Stack gefällt, den Brandstifter und Versicherungsbetrüger.

»Wie war ich?«, sagte der vor der Tür stehende Junge.

»Als Nachhilfeschüler?«

»Nein, nur so. Als Junge.«

»Du warst ein Langweiler. Nett, aber ein Langweiler. In sechzig Jahren wärst du noch genauso nett und langweilig gewesen. In deinem Leben wäre nie etwas Bemerkenswertes passiert. Du kannst von Glück reden, dass du den Unfall hattest.«

»Das hat noch keiner zu mir gesagt.«

»So was sagt man auch nicht. Was ist mit deiner Stirn? Die Nase zum Bremsen benutzt?«

»So ähnlich, ist schon vier Tage her. Darf ich reinkommen?«

Stack trat einen Schritt beiseite. Anders drückte sich an ihm vorbei. Romy nutzte die Gelegenheit und schlüpfte hinter ihm her ins Haus, ihrerseits verfolgt von einem kräftigen, kühlen Windstoß. Stack hatte sie erst vor einer knappen Stunde rausgeworfen, nach dem Mittagessen. Raffiniertes Kackvieh.

Anders zog, ohne weitere Aufforderung, seine Jacke aus und hängte sie an einen freien Haken der Garderobe. Er musste sich dazu auf die Zehenspitzen stellen. Stack, der seit Tagen auf die sich in seine Knochen einnistende Herbstkälte schimpfte, beobachtete ihn aufmerksam, ohne Hilfe anzubieten. Er fühlte sich von unerwarteter Wärme erfüllt.

»Hast du gut hergefunden?«, sagte er.

»Ja«, gab Anders zurück, noch immer mit der Jacke beschäftigt.

»Obwohl du den Weg ja nicht mehr erinnern kannst.«

»War kein Problem, Sie haben es mir ja genau beschrieben.«

»Nein, hab ich nicht.«

»Dann ...«

Es war, als hätte man ihn unvermittelt aus einem Film gerissen oder beim Anhören eines Musikstücks gestört. Anders ließ die endlich am Haken baumelnde Jacke los und drehte sich langsam zu Stack um. Sein Gesicht glich einer dieser Masken griechischer Tragödienspieler mit ihren stilisierten, aber kraftvoll ausgedrückten Empfindungen. Der Winterjunge wirkte regelrecht bestürzt. Auf seiner zerschrammten Stirn stand eine so tiefe, steile Falte, als hätte jemand versucht, dort einen senkrechten Schnitt mit dem Messer anzubringen.

»Ich sag dir, was ich vermute«, sagte Stack. »Du hast dich erinnert. Unterbewusst. Dein Weg zur Mathe-Nachhilfe. Deine Mutter hat dich ja oft genug gebracht.«

Ende der Tragödie, die Ereignisse hatten sich in letzter Sekunde noch zum Guten gewendet, der Vorhang fiel. Die Kinderstirn glättete sich.

*Weil ich ihm eine beruhigende Erklärung angeboten habe, oder bloß eine passende Ausrede?*

»Ich könnte mir vorstellen«, fuhr Stack fort, »dass dir das öfters passiert. Du bemerkst es bloß nicht. Du sagst oder tust Sachen, weil du dich daran erinnerst, ohne es zu wissen. Hab ich Recht?«

»Ja. Vielleicht.«

»Warst du schon mal hier in letzter Zeit? Tagsüber oder nachts?«

»Weiß ich nicht. Warum darf das Huhn ins Haus?«

»Du weichst mir aus.«

»Wenn ich's doch nicht weiß. Warum darf das Huhn ins Haus?«

Stack zuckte die Achseln. »Warum dürfen es Hunde und Katzen?«

Anders zeigte auf den Boden. Romy hatte sich sofort in die Küche verzogen, aber nicht ohne einen olivgrün-weißen Schiss im Flur zu hinterlassen. »Weil die nicht alles vollkacken?«

»Ach, das.« Stack winkte ab. »Romy fabriziert hier und dort mal einen Klacks, das ist nicht weiter wild, wenn man es sofort aufwischt.«

»Da sind Bakterien drin.«

»Und? Vor denen fürchten sich nur Frauen wie deine Mutter.«

»Es *sind* aber Bakterien drin.«

»Was wäre dir lieber, ein Leben ohne Keime, aber dafür voller Putzmittel und Allergien? Wenn du mir vorschreiben willst, wie ich meinen Haushalt zu führen habe, kannst du sofort wieder verschwinden. Wenn nicht, biete ich dir was zu trinken an.«

»Ist ja schon gut. Ich nehm das Getränk. Kann ich Milch?«

»Keine Ahnung, ob du kannst, aber du darfst.«

In der Küche goss Stack Milch in ein Glas, aus dem Anders mit schnellen Schlucken trank. Romy lugte unter dem Tisch heraus. Ab und zu hackte ihr Schnabel zielsicher zwischen die Dielen, um einen winzigen Brotkrümel aufzupicken.

»Warum heißt sie Romy?«, sagte Anders. Mit dem Milchbart, der seine Oberlippe zierte, sah er aus wie ein sehr kleines Kind.

»Ist der Name der Lieblingsschauspielerin meiner Frau. Romy Schneider. Nie gehört?«

Anders schüttelte den Kopf.

»Die Filme über Sissi, die österreichische Kaiserin? Nie gesehen?«

»Nein.«

»Das solltest du nachholen, irgendwann. Großartiger Kitsch.«

»Sind die Filme in Schwarz-Weiß?«

»Farbe.«

Anders nickte und sah sich um. »Gibt es kein Foto? Von Ihrer Frau?«

»Hab sie mit der Zeit alle abgehängt. Es hat zu wehgetan, sie jeden Tag zu sehen.«

Anders lächelte und wischte sich mit einer Hand den Milchbart fort. »Zeigen Sie mir trotzdem eins, bitte?«

Stack musste nur kurz überlegen, bevor er sagte: »Komm mit ins Wohnzimmer.«

Im Wohnzimmer nahm Anders unaufgefordert in einem der schweren gepolsterten Sessel an dem niedrigen Tisch Platz, auf dem die Tageszeitung und ein Fernsehmagazin lagen. Stack ging zum Buffet, das seit fünfzehn Jahren unbenutztes Tafelgeschirr beherbergte. Obenauf stand ein kleiner Safe. In der Breite und Höhe bestenfalls von den Maßen eines Schuhkartons, war er doch ausreichend tief, um Schriftstücke und Ähnliches aufnehmen zu können. Weder war er dort eingebaut, wo er eigentlich hingehörte – in die Wand –, noch war er verschlossen. Stack öffnete ihn und holte das Fotoalbum heraus. Anders starrte ihm fragend entgegen, als er es zum Tisch brachte.

»Bis auf das Album ist im Safe nichts drin, deshalb ist er nicht abgeschlossen«, erklärte Stack. »Es geht mir nur um den Feuerschutz. Seit dem Brand – von dem Brand hast du gehört?«

»Ja. Im Netz hab ich mir alle *Bergwälder Landboten* aus der Zeit vor meinem Unfall durchgelesen. Ich dachte, mir würde vielleicht irgendwas auf- oder einfallen. War aber nicht. Ihr Hühnerhof ist im Sommer abgebrannt, und die Leute in der Stadt dachten, Sie wären es selber gewesen. Der Brandstifter.«

»Nicht alle Leute dachten oder denken das, aber einige. Deine

Mutter, zum Beispiel. Deshalb hat sie dich damals aus der Nachhilfe rausgenommen.« Stack schürzte kurz die Lippen. Welche Ausrede hatte Anders der Fliederfarbenen wohl aufgetischt, bevor er hierhergekommen war? »Na ja ... Irgendwann erzähl ich dir mal von dem Brand. Das Fotoalbum halte ich jedenfalls seitdem unter sicherem Verschluss. Nichts auf der Welt ist mir mehr wert als diese Bilder.«

Er schlug das Album auf. Erinnerungen sprangen ihn an, denen er spielend eine Farbe hätte zuordnen können, ein warmes, abgetöntes Nussbraun, das süße Stille versprach, aber er wusste, das war ein trügerisches Versprechen. Die Farbe flüsterte und lockte mit dem einzigen Ziel, sich über sein Denken und Fühlen zu legen wie Mehltau, es würde Tage dauern, eher Wochen sogar, sich davon zu befreien. Also schlug er nur eine Seite um, auf der ein einzelnes Porträtfoto zu sehen war.

»Sie sieht sehr freundlich aus.« Stack spürte Körperwärme neben sich, Kinderatem, sah einen kleinen Finger die Konturen eines Frauengesichts nachzeichnen. »War sie nett? Auf Fotos kann ich keine Farben sehen.«

»Hm?«

Er hatte kaum hingehört. Sein Blick folgte dem Kinderfinger. Das Gesicht leuchtete, leuchtete ... Wie genau man hinschauen musste, um Elkes bald unmerkliches Lächeln zu bemerken. Dreißig Jahre lang hatte er sich, dieses Lächelns wegen, von ihr immer ein wenig verspottet gefühlt, dreißig Jahre lang geliebt. Er hätte blind die allerfeinsten Linien ihrer Züge nachzeichnen können, ihre Stimme hätte er aus Millionen herausgehört, ihren Geruch über Kontinente hinweg erkannt. Die Erinnerung an sie war das Herz in seinem Herzen, es schlug nussbraun, nussbraun ...

»Sie sollten das Album jetzt besser zumachen«, hörte Stack Anders neben sich sagen. »Und Ihre Frau sollten wir mal auf dem Friedhof besuchen.«

»Wann denn?«, flüsterte Stack.

»Jetzt.«

So begann ihre Freundschaft.

Vielleicht am selben Tag, vielleicht am Tage darauf, macht sich in einem anderen Teil der Stadt ein Junge über seinen Freund Gedanken. Es gibt Zeiten, da flößt dieser Freund ihm Furcht ein. Einmal, letztes Jahr im Sommer, es war Stadtfest und spät, sie waren verabredet, da hat er ihn auf dem Marktplatz des Städtchens aus dem Dunkel zwischen zwei Festwagen hervortreten sehen. Schwarz trennte sich von Schwarz. Dann war da ein hellerer Fleck, etwa auf Höhe des Gesichts, dann zwei weitere Flecken, wo die Hände am Körper herabhingen. Schwarze Jeans, schwarzes T-Shirt, hatte der Junge zuletzt erleichtert feststellen können, aber sein eigentlicher, der bleibende Eindruck des Freundes seitdem war dieser gewesen: Er ist Teil einer Dunkelheit, in die er eingesponnen ist wie in eine zweite Haut.

Früher war da noch ein Dritter. Er war so gut wie tot, bald ein

Jahr lang. Dann kehrte er zurück, aber ein wirklicher Dritter ist aus ihm nicht wieder geworden, und die durch seine Abwesenheit entstandene Lücke hat er bisher kaum wieder zu schließen vermocht. Es ist eine Leerstelle geblieben; selbst wenn der Dritte anwesend ist, ist da meist nur ein blendend heller Fleck.

Es hat sich aber, seit der Dritte zurückgekehrt ist, etwas verändert. Der dunkle Freund verliert jetzt an Kraft. In der Schule letztens, da hat er ein anderes Kind herrisch angefahren, das solle ihm Platz machen. Dass er das überhaupt aussprechen musste! Das Kind hat ihn gemustert, von oben bis unten, um sich dann abzuwenden, ohne auch nur einen Millimeter beiseitezurücken. Und der dunkle Freund hat es zugelassen. Hat noch versucht, die Sache mit einem Schulterzucken abzutun, gerade so, als sei es unter seiner Würde, das unfügsame Kind zur Rechenschaft zu ziehen. Sich dann beiseitegedreht, nicht wissend, wohin mit seinem Blick, die Lippen hell, wächserne Wangen.

Daran ist der Dritte schuld. Auf seine stille Art ist es ihm gelungen, sich nahezu von keinem bemerkt, und dennoch wahrgenommen von allen, ins Zentrum der Aufmerksamkeit zu setzen. Ihn umgibt eine eigene Aura: Er strahlt die Ruhe aus, wie sie unmittelbar vor dem Einschlafen in dir aufkommt, wenn du in den ersten Traum der kommenden Nacht gleitest, er verströmt Trost, wenn dein Innerstes von etwas erschüttert ist, wenn Angst dich quält oder Unrast dich erfüllt; wo deine Welt verrückt, reicht seine bloße Anwesenheit aus, sie wieder in ein Gleichgewicht zu bringen, und wo sie zerbricht, entgratet sein Lachen die schmerzhaft scharfen Kanten ihrer Bruchstellen.

Um all das weiß der Junge – anders als Erwachsene, hat er festgestellt, denen der Dritte merkwürdig vorkommt. Die ihn mit Befremden anstarren, die ihm, wie manche Lehrer in der Schule, eher abwehrend denn entgegenkommend begegnen – wofür man Verständnis haben muss, denn es kommt vor, dass der Dritte viel zu hell strahlt – so hell, dass in seinem Gegenüber eine entsetzliche Angst entsteht, er könne, nach einem letzten silberweißen Aufglühen, plötzlich verglimmen. Und auch Angst, was alles in diesem hellen Licht zu sehen sein, was zu Tage treten könnte. Deswegen haben die Erwachsenen sich irgendwann mit dem Schwarz vertraut gemacht, deswegen meiden sie das Licht. Aus purer Angst.

Der dunkle Freund, obwohl er noch Kind ist, kennt dieses Schwarz, kennt es schon lange; der Junge hat nie herausgefunden, warum, und zu fragen wagt er nicht. Dauerhaft aber, so viel weiß er, wird der dunkle Freund nicht tatenlos zusehen, wie sein auf Einschüchterungen, Angst und manchmal sogar Gewalt gegründetes Imperium ihm wie Sand zwischen den Fingern zerrinnt. Und kann man ihm das nicht mindestens nachfühlen? Hat denn je ein König seinen Thron aufgegeben, ohne zu kämpfen? Dann wiederum: Muss man nicht eigentlich sich auf die Seite des Dritten schlagen, der ja nicht bewusst angetreten ist, irgendwem den Platz streitig zu machen, sondern dem sozusagen das Schicksal diese Aufgabe zugespielt hat?

Eigentlich unmöglich, Position zu beziehen. Und so bewegt sich der Junge im Spannungsfeld zwischen dem einen Freund, der zuzeiten der Dunkelheit anheimfällt, und dem anderen, der sich in eine schmerzende Helligkeit hüllt.

Angst machen ihm beide.

Verlassen will er keinen.

Die zunächst warmen Herbsttage waren kühl geworden, blieben aber trocken, und wie immer versetzte der Anblick von Millionen orangegelb und rotbraun sich verfärbender Laubblätter Eckhard Stack in einen Zustand anhaltender, schwelgerischer Melancholie. Der Wald um das alte Hühnergrundstück herum schien zu brennen, bloß wo er und Anders auf der Holzbank saßen, war der Boden zu ihren Füßen schwarz, erstickt und tot. Es war die passende Kulisse für das, was Stack vor vier Tagen, beim ersten Besuch des Winterjungen, zu erzählen angekündigt hatte.

»Hab vorm Fernseher gesessen. Den stell ich immer laut, nicht weil ich schlecht höre, ich mag es einfach, wenn's ordentlich kracht. Der Tag war schön gewesen, nicht übermäßig warm, aber gegen halb neun Uhr abends kam ein ordentlich frischer Wind auf, da war es noch fast taghell. Bis heute weiß ich nicht, was mich auf den Brand aufmerksam gemacht hat – vielleicht der Geruch, den meine Nase schon einfing, bevor ich ihn bewusst wahrnahm.« Stack zog geräuschvoll die Nase hoch, wie um noch einmal Witterung aufzunehmen. »Na, egal. Ich also los. Schon auf dem Weg hierher, beim Hinrennen, hab ich über Handy die Feuerwehr angerufen. Sind fixe Jungs, aber sie müssen von ganz unten aus der Stadt anrücken, das braucht seine Zeit. Ich wusste, dass es zu lang dauern würde, viel zu lange. Als ich beim Stall ankam, war schon kein Beikommen mehr. Siehst du, an der Stelle da drüben, und dort, wo das verkohlte Stück Vierkant noch aus dem Boden ragt? Da war ein Schuppen angebaut, rechtwinklig, mit Futter und Geräten, Baumaterial und dergleichen. Die Vorderwand war eben eingestürzt, die Tür ins Hühnerhaus brannte. Kein Beikommen. Ach, und meine armen Tiere schrien. Wie sie schrien.«

*Elke, Elke!* Wie er selber geschrien hatte ... Stacks Blick verschlierte. Er spürte eine Träne seine Wange herablaufen. Er atmete tief ein und aus, fast glaubte er, den Geruch wieder in der Nase zu haben von brennendem Holz und brennendem Fleisch.

»Haben Sie eine Idee, wer es war?«

»Nein. Es gibt all diese Motive, wie man sie aus Krimis kennt. Aber Neid, Hass, Rachsucht und so weiter fallen aus, denke ich. Wüsste jedenfalls nicht, wer mich auf dem Kieker haben sollte, und wieso. Nein, ich denke eher, da hat jemand sich einen Spaß erlaubt. Einfach so, weißt du? Einfach so. Aus purer Bösartigkeit. Bestenfalls dummer Unbedachtheit. Jugendliche womöglich. Wollten wohl ihr Mütchen an einem Feuer kühlen. Seitdem hab ich die Schnauze voll.«

Stack lachte knapp und spuckte aus. Der Speichel flog davon

in flachem Winkel, nahm staubigen Dreck vom Boden mit und rollte als fast anmutig rundes, grauschwarzes Kügelchen einige Zentimeter davon.

»Aber es tut gut, mal wieder mit einem Kind zu tun zu haben. Ich hatte ganz vergessen, wie hell ihr seid. Das Licht im Dunkel der Welt. Wirklich, so ist es, ihr strebt der Zukunft als Flammen entgegen: voller Hoffnung, mit dem Glauben an Veränderung. Mir ist dieses Licht abhandengekommen. Ich glaub nicht mehr daran, dass die Dinge besser werden. Aber manche von euch schaffen das, manche tragen das Licht bis ins Erwachsensein, und es gelingt ihnen, die Flamme zu beschützen. Deshalb ist es nicht zu ertragen, wenn ein Kind stirbt. Es nimmt ein Stück Zukunft mit sich in den Tod.«

»Warum sind Sie ... warum ist Ihnen Ihr Licht denn abhandengekommen?«

»Ich weiß nicht. Elke ...« Das Atmen wurde Stack eng, er hob den Blick vom verbrannten Boden und richtete ihn gegen die flammenden Herbstbäume. »Das Leuchten all der Sterne, die mal an deinem Himmel standen, wird einfach immer schwächer. Irgendwann erlöschen sie. Du spürst eine Kälte in den Knochen. Alles verwandelt sich in Eins, und was je in dir Zuversicht war, ist nur noch Traum und Trugbild. Wo du Ziele hattest, Ideale, erhebt sich nur noch Nebel, da führt kein Weg mehr hin. Niedergekämpft vom Leben bist du, deine Ruhe willst du, dich hinlegen und schlafen. Um dich herum, das weißt du, fühlen sich unzählige andere Menschen wie du, so verirrt, so einsam und müde und arm. Wir müssten einander bloß bei den Händen fassen, damit uns besser wird, aber wir tun's nicht. Wir tun's nicht.«

Stack schwieg lange. Irgendwann spürte er eine Kinderhand auf seinem Bein. Er tastete nach der warmen Hand und nahm sie in seine. Er dachte: Wenn ich sie nur das winzigste bisschen drücke, wird sie zerbrechen wie ein kleines, dünnschaliges Vogelei.

»Aber Sie wohnen weit weg von den Menschen«, sagte Anders. »Freiwillig.«

»Sicher. Weil diese Vorstellung, sich bei den Händen zu nehmen, eine Utopie ist«, erwiderte Stack. »Menschen sind zu verschieden. Nur weil ich teilweise das Gleiche empfinde wie mein Nächster, macht mich das nicht zu seinem Freund. Nein, unterm Strich bevorzuge ich das Alleinsein.«

Anders hatte mit seinen Schuhen ein Häufchen verbrannter Erde zusammengescharrt. Jetzt schoben seine Füße das Häufchen von links nach rechts, von rechts nach links ... »Ich wünschte, ich könnte auch allein leben«, sagte er. »Dann hätte ich es ruhiger. In mir drin.«

»Meinst du, hm? Könntest Recht haben. Aber der Preis fürs Alleinsein ist hoch. Menschen schauen dich anders an, wenn du allein lebst. Solange du nicht weiter auffällst, dich an ihre Regeln hältst, lassen sie dich in Ruhe. Aber wehe, etwas läuft aus dem Ruder. Dann stehen sie vor deinem Haus, verlangen Antworten, die du nicht geben kannst, schieben dir die Schuld in die

Schuhe für alles, was in ihrem eigenen Leben schiefgeht. So war es schon immer. Menschen haben dieses Verhalten so an sich. Und es liegt umso näher für sie, je weiter entfernt du von ihnen lebst. Vor allem, wenn du allein lebst.«

Anders, bemerkte Stack, hatte das Erdhäufchen mit seinen Schuhsohlen sorgfältig flach gewedelt zu einer Fläche von an die fünfzig Quadratzentimetern. Mit der rechten Schuhspitze begann er, langsam darin zu zeichnen. Zwei schräge, zu einem Dach aufgestellte Striche ...

»Bei Ihnen ist das egal, Sie könnten genauso gut in der Stadt wohnen«, sagte Anders, und die Enden der Dachkanten wurden jeweils um einen senkrechten Strich nach unten verlängert. »Sie sind nämlich in sich drinnen allein, da kann keiner was machen. Außen sind Sie nicht allein. Da haben Sie ja zum Beispiel das Huhn. Oder jetzt mich.«

Stack konnte nur verblüfft nicken.

»Wenn Sie wieder sechzig Hühner hätten, wären Sie wenigstens außen sechzigmal weniger allein«, fuhr Anders fort und verband die beiden Senkrechten an ihren Füßen von links nach rechts mit einem durchgehenden Strich. »Wir sollten den Hühnerstall wieder aufbauen. Damit meine ich Sie und mich und meinen Vater. Zu dritt schaffen wir das locker, oder?«

»Könnte klappen«, murmelte Stack. Er betrachtete das von Anders in den Staub gezeichnete Haus. Wieder fiel ihm das Atmen schwer, aber aus einem anderen Grund. »Nur ... meinst du nicht, dein Vater würde uns bei deiner Mutter verraten?«

»Nein. Er würde ihr sagen, dass er irgendwas mit mir unternimmt. Gemeinsam Rennrad fahren.«

»Meinst du, ich komme mit ihm klar? Ich bin ein Bestimmer, wenn's ums Arbeiten geht.«

»Das macht nichts, das kennt er von meiner Mutter. Und Sie werden ihn bestimmt mögen. Mein Vater hat ein gutes Herz.«

»So, hat er das?«, sagte Stack und lächelte. Erstaunt stellte er fest, dass er noch immer die Kinderhand in seiner hielt. Sie schien förmlich zu brennen, gerade so, als wäre der Winterjunge fieberkrank, doch Stack hatte es bis jetzt nicht bemerkt. Aber ob von ihm bemerkt oder unbemerkt, zuletzt blieb ein Feuer immer ein Feuer: Es zehrte auf, woraus es sich nährte.

Ein Kind stürzt von einem Baum. Der Vater reagiert darauf zunächst erschreckt, dann heimlich erfreut. Er klagt nicht und erhebt keine Vorwürfe, er bewahrt Ruhe, er sanktioniert nicht. Tief empfundene, wahre Sorge um das Kind ist einer der Gründe dafür ... geboren aus dem Wissen, dass das Aufstehen nur erlernen kann, wer zuvor gefallen ist. Freunde, Nachbarn, Arbeitskollegen wundern sich vielleicht, dass er den Sohn nicht bestraft, sondern ihm stattdessen Vertrauen beweist und Zuversicht schenkt: um den geringen Preis von ein paar Tropfen Blut. Sollen sie. Einmal hat er zwei Einsen am Dach anbringen wollen, vorgeblich um dem Sohn eine Geburtstagsfreude zu machen, tatsächlich aber, um den Nachbarn in der Straße zu demonstrieren, was für ein großartiger Kerl er war: der ultimative Vater mit den ultimativen publikumswirksamen Ideen. Und was hat das seinem Kind gebracht?

Traurigerweise hat sein Sohn bis jetzt so gut wie jedes Bemühen, ihm überlegter und aufrichtig interessierter als früher zu begegnen, mit freundlicher Nichtachtung gestraft. Nur kürzlich hat er, ein einsames Zeichen seiner Gunst, beim gemeinsamen Fernsehen überraschend angeboten, man könne bei einem Spielfilm ausnahmsweise die Farbe heraufregeln – irgendein Film mit Romy Schneider ist es gewesen, nicht *Sissi,* sondern einer ihrer späteren französischen Streifen; sie hatte nackt an einem Schwimmbecken gelegen, was Melanie Winter nervös gemacht, Anders aber nur die Frage entlockt hatte, wie tief der Pool an seiner tiefsten Stelle wohl sein mochte.

Als daher Anders eines Tages von sich aus auf seinen Vater zukommt und ihn fragt, ob er Lust habe, etwas mit ihm zu bauen, überlegt André Winter nicht zweimal und sagt Ja. Als Anders erläutert, es handele sich dabei um das neue Hühnerhaus von Eckhard Stack, zögert André Winter kurz. Anders, der das Zögern bemerkt hat, nimmt unerwartet seine Hand – ein Erinnerungsstrom flutet über André Winter hinweg: ein winziges Bündel Leben im Arm, so leichtgewichtig, der zarte Duft, dunkelgrau die Augen, schon damals, dazu dieses feine, fast unhörbare Maunzen – und weist darauf hin, man könne gemeinsam mit den Rennrädern zu Stack fahren. Später würden sie dann Melanie Winter erzählen, sie seien gemeinsam Rad fahren gewesen, das wäre keine Lüge, nicht wahr?

André Winter nickt, denn ein Teil von ihm hat wirklich zugehört. Ein anderer Teil von ihm überlegt, was er tun muss, um diese kleine Hand, die in seiner großen Hand liegt, nie wieder loslassen zu müssen.

# 30. SEPTEMBER – 5. OKTOBER (1)
# IN SEINEM HAUS

Zu Stacks Bedauern hegte Romy eine tiefe Antipathie gegen André Winter. Mal hieb sie mit dem Schnabel nach ihm, sobald er ihr versehentlich zu dicht aufs Gefieder rückte, dann wieder kehrte sie allen, Stack eingeschlossen, demonstrativ das Hinterteil zu, sobald André das Haus betrat. Einmal verlieh sie ihrem Protest über den von ihr ungebetenen Eindringling Ausdruck, indem sie ihm zielgenau auf den rechten Turnschuh schiss. Von Stack dafür unter den üblichen Beschimpfungen – Kackvieh! – hinaus in den Garten getrieben, verbrachte sie die nächsten Tage auf dem Gartenzaun, eine beleidigte rotbraune Federkugel, die einem vor den Augen rasch verschwamm und schließlich eins wurde mit der hinter ihr aufragenden Kulisse des flammenden Herbstwalds.

Stack selber hingegen mochte André Winter sofort. Bis Anders seinen Vater mitbrachte (ein merkwürdiger Anblick durchs Küchenfenster, der Stack an eine Katze erinnerte, die ihr Junges im Maul anschleppte, um es vor der Haustür abzulegen), war ihm der Mann nur vom Sehen her bekannt gewesen, von jener Handvoll Gelegenheiten im vergangenen Jahr, wenn er selber anstatt der Fliederfarbenen seinen Sohn zur Nachhilfe gefahren hatte.

»Haben Sie schon mal gebaut?«, sagte Stack zur Begrüßung.

»Lego«, antwortete André Winter. »Und immer komplett einfarbig.«

»Blau oder was?«

»Blau sollte dem Himmel vorbehalten bleiben. Rot.«

Bald saßen sie zu dritt in der Küche des Stack'schen Hauses – ein älterer und ein mittelalter Mann, zwischen sich einen Jungen –, wo sie, immer wieder unterbrochen von Vermessungsbesuchen der verbrannten Hühnerwiese, unter Stacks fachkundiger Anleitung begeistert planten, zeichneten und lange Einkaufslisten erstellten. Zwecks Holzbestellung und Materialeinkaufs kam es in den folgenden Tagen zu mehrfachen Besorgungsfahrten in den örtlichen Baumarkt, und es geschah bei einer dieser Gelegenheiten, dass sie erkannt und angesprochen wurden. Dergleichen hatte kaum ausbleiben können, tatsächlich hatte Stack ein solches Ereignis gedanklich mehr als einmal durchgespielt, aber als es schließlich so weit war, fühlte er sich dennoch schlecht vorbereitet. Seit Jahren hatte er sich nicht so lebendig gefühlt, seit Jahren aber auch nicht mehr so verletzlich; er ging deshalb, als der Feind anrückte, innerlich sofort auf Abwehr. Nachbarn. Wohnten keine hundert Meter von seinem Haus entfernt die Straße runter. Gutbürgerliches Pack. Name längst vergessen. Irgendwas, Herr Arsch und Frau Geige.

»So, der Nachbar Stack. Lange nicht gesehen.«

Ein Paar, schon über die mittleren Jahre hinaus, sie mit jener Sorte asymmetrischer Frisur verunstaltet, die ihr vor dreißig Jahren als *kess* oder *flott* oder *frech* verkauft worden war, zusammen mit dem Bewusstsein, dadurch ein gewisses anarchisches Potenzial erworben zu haben; er mit jener Sorte Bauch versehen, der gefährlich über den Hosenbund schwappt, aber von einem darunter hart gezurrten, unterm so entstandenen Mittkörperwulst nicht sichtbaren Gürtel gehalten wird, der seinem Besitzer eine ewige Bundweite 34 vorgaukelt. Plus Normalkörpergewicht.

Es wurde genickt. Der Winterjunge konnte, nach seinen diversen Zeitungsauftritten, kaum unerkannt bleiben; und bitte sehr, da wurde auch schon erneut genickt, danke schön. André Winter erwiderte den Gruß, dann musterte er die Asymmetrische und den Bauch aus leicht zusammengekniffenen Augen, abwartend, abschätzend, abwehrbereit für den Fall, dass auch nur die kleinste falsche Bemerkung über seinen Sohn fallen sollte. Anders selber grüßte nicht zurück.

»Wir haben gehört«, sagte der Bauch, »dass Sie die Hühnerscheune neu aufbauen?«

»Gehört ist das richtige Wort«, bestätigte die Asymmetrische. »Man hört das Sägen und so weiter.« In einem gerechteren Universum hätte irgendein Gott ihr scheinheiliges Lächeln sofort mit einem Blitzschlag geahndet. »Ist ein wenig laut.«

Der Bauch schien sich seltsam zu verspannen; erst später begriff Stack, dass er offenbar einzuatmen versucht hatte, vermutlich um seinem Auftreten, man fasste es nicht, mehr Gewicht zu verleihen.

»Wirklich brauchen tut man Hühner ja nicht mehr. Selber, mein ich. Eier gibt's im Supermarkt, sogar in bio.«

Die Asymmetrische hob spielerisch den Zeigefinger. »Dass ihre uns keine Krankheiten einschleppen!«

»Tach noch«, tippte der Bauch sich mit dem Finger an eine imaginäre Hutkrempe.

»Tag«, sagte Stack, was das einzige Wort blieb, das er während dieser kurzen Begegnung von sich gegeben hatte.

André und sein Sohn starrten dem Paar nach, als es mit seinem Einkaufswagen davonzog. Anders schien aber auf eine Stelle knapp über den Köpfen zu schauen. Bewunderte vermutlich ebenfalls die aus der Zeit gefallene Frisur der Frau. Oder die dünnen Beine ihres Mannes, die eine solche Last zu tragen hatten.

»Spießer«, murmelte Stack.

»Wieso denn?«, sagte Anders. »Nur weil sie es nicht gern laut haben?«

»Das mit der Lautstärke war in Ordnung. Baulärm ist nicht schön, wir passen ab jetzt ein bisschen besser auf. Nein, der Spießer von den beiden war der Mann.«

»Und warum?«

»Weil er das Niveau seines weltanschaulichen Tellerrandes gern zum gesamtgesellschaftlichen Horizont erklären würde«, sagte Stack. »Verstehst du das?«

»Ja.«

Stack wandte sich Anders verblüfft zu. »Äh ... wirklich?«

»Ja. Ich geh schon mal in den Gang mit der Dachpappe und seh nach, was die rotbraune mit dem Ziegelmuster kostet.«

Er ging los, zielstrebig. Im Kopf schon angekommen, wo er hinwollte, teilte er die Luft um sich herum, wie eine Delfinflosse durch Meerwasser schnitt. Die Männer sahen ihm nach. Stack wusste, dass Anders, bis er und André bei der Dachpappe eintrudelten, bereits die Quadratmeterpreise aller vorrätigen Sorten auf die von ihnen benötigte Menge umgerechnet haben würde.

»Er würde einen guten Handwerker abgeben, oder?«, sagte André.

»Tja ...« Stack schaute Anders immer noch nach. »Sie sollen immer das werden, was wir in ihnen sehen. Und dann werden sie doch nur das, was wir aus ihnen machen.« Er wandte sich André zu. »Er hat Geburtstag nächste Woche, oder?«

»Yep.«

»Was werden Sie ihm schenken?«

»Einen Hund«, sagte André.

Anders blühte auf in diesen ersten Oktobertagen. Trotz seines verletzten Arms war er schnell und erstaunlich beweglich, bemerkte André, der auf der Baustelle seinen Sohn mehr als einmal heimlich von der Seite her beobachtete. Schnell, beweglich und clever. Seine Hände liebten das Holz, und das Holz liebte seine Hände; sie trugen, trotz einer Vielzahl ungeglätteter Balken und Bretter, nicht die winzigsten Splitter davon. Zudem verfügte Anders nicht nur über ein offenbar intuitives Verständnis von Statik, sondern er wusste auch ebenso exakt wie geduldig zu erklären, warum man an der einen Stelle einen Nagel benutzte und an der anderen eine Schraube, warum die Schraube diesen Durchmesser hatte und nicht jenen, warum man sie hier eher waagrecht und dort besser angeschrägt versenkte. Ob das v. d. U. schon so gewesen war – André hatte keine Ahnung. Sie hatten nie etwas miteinander gebaut, kein Baumhaus, keine Seifenkiste, nicht mal einen Drachen. Andrés alte Legobausteine, auf dem Dachboden in der Ulmenstraße eingelagert für die Zeit, wenn sein Sohn endlich so weit war, damit zu spielen, waren nie wieder aus ihrem dunklen Versteck hervorgeholt worden. Das Leben war dazwischengekommen, Sachzwänge, Bequemlichkeiten; zuletzt hatte André die Bausteine vergessen. Erst Stacks Frage, ob er schon mal etwas gebaut habe, hatte ihm die Legosteine wieder ins Bewusstsein gerufen.

*Die roten, nicht die blauen.*

*Mit den blauen baut man den Himmel.*

Ihre Fahrräder legten sie meist achtlos auf Wiese oder Waldboden ab, oder sie lehnten sie gegen die Sitzbank. Melanie wähnte sie damit Gott weiß wo unterwegs, auf weitläufigen Strecken, und André ließ sie in diesem Glauben, zumal sie sich auch so gut wie nie erkundigte, wie die Touren denn verlaufen waren; für sie war das eine Sache zwischen Vater und Sohn. Melanie anzulügen fiel ihm deshalb leicht, weil er wusste, dass sie mit etwas anderem als einer Lüge ohnehin nicht klarkommen würde. Ihre Angst – eine fast greifbare Angst, seit André sie kannte –, in der Stadt zum Gesprächsthema zu werden, weil Ehemann und Sohn sich mit einem mutmaßlichen Verbrecher abgaben, würde seine Frau auch dann nicht verlieren, falls Stack womöglich irgendwann entlastet wurde. Dazu hatte sie sich zu weit aus dem Fenster gehängt. Einzelgänger sind potenziell gefährlicher Umgang: Diesem fest ins kollektive Unterbewusstsein der meisten Gesellschaften eingravierten Vorurteil hatten Mellie und nicht wenige weitere Bewohner der Stadt durch abfälliges Reden reichlich Nahrung gegeben; allesamt hatten sie dafür gesorgt, dass es in Bergwald so schnell nicht wieder in Vergessenheit geraten würde. Zugeben, dass man sich getäuscht hatte, war keine Option, und sollte tatsächlich irgendwann doch noch Stacks Unschuld sich herausstellen, bedeutete das gar nichts:

*Merkwürdig ist der trotzdem schon immer gewesen.*

*Selbst wenn er's nicht war: Zuzutrauen wär's ihm.*

*Von dem hören wir noch, merkt euch meine Worte!*

*Der baut ja gerade alles wieder auf, habt ihr's gehört?*

*Und jetzt ratet mal, wer ihm dabei hilft?*

Früher oder später würde irgendwer Melanie zuverlässig auftischen, was hinter ihrem Rücken auf der Stack'schen Wiese am Waldrand oberhalb der alten Vertriebenensiedlung geschah. Jemand, der die Frage anschließen würde, seit wann denn ihre Familie und der Stack wieder Umgang pflegten – oder war denn inzwischen aufgeklärt, wer seinerzeit den Brand gelegt hatte? Dann könnte Mellie sich bestenfalls mit dem Hinweis aus der Affäre ziehen, ihr Mann sei erwachsen und wisse, was er tue, man möge daher doch bitte ihn persönlich fragen. Und innerlich würde sie dabei schäumen vor Wut.

André Winter sah ernsthafte Auseinandersetzungen auf seine Ehe zukommen. Er hätte selber gar nicht sagen können, warum diese Vorstellung ihn nur wenig beunruhigte. Er wusste bloß so viel: Melanie konnte Anders nicht verzeihen, Anders geworden zu sein, und der Sohn quittierte das, indem er der Mutter von Tag zu Tag gleichgültiger begegnete. So entzogen sich die beiden einander in stets gleichem Maße. Was Anders dadurch an Schutz, Wärme und Liebe verlor, würde, so viel war klar, André ihm geben müssen, weit über seine Rolle als Vater hinaus, und auch wenn André sich noch verunsichert fragte, wie das anzustellen war, erschien der Bau des Hühnerhauses ihm doch bereits als eine gute erste Übung.

Das Wetter blieb ihnen hold während der gesamten Bauzeit: Kein Regen fiel. Binnen fünf Tagen war das schlichte Gebäude fertiggestellt. Stack hatte sich dagegen entschieden, genauso viele Hühner wie früher zu halten, jedenfalls nicht zu Anfang.

Er würde, um so bald wie möglich die Besuche der Wochenmärkte wieder aufnehmen zu können, etwa vierzig Tiere einquartieren. Später ließ der Bestand sich dann mühelos verdoppeln, denn das Hühnerhaus war groß und geräumig konzipiert, ein komplett aus Holz gefertigter Bau von bald vier mal sechs Metern Grundfläche.

»In alten Maßen, vom sechzehnten bis ins späte neunzehnte Jahrhundert, bevor bei uns das metrische System eingeführt wurde, wären das etwa drei mal gute vier Klafter gewesen«, erwähnte Stack, als sie während einer Pause alle auf der Bank oberhalb der Wiese saßen. »Mit Klaftern hatte ich das erste Hühnerhaus damals ausgemessen, nur aus Spaß an der Freude.«

»Wie lang ist so ein Klafter genau?«, fragte Anders.

»Etwa 1,85 Meter. Ursprünglich war es einfach nur die Strecke zwischen den ausgestreckten Armen eines erwachsenen Mannes. In der Seefahrt entsprach das Klafter übrigens dem Faden, bloß dass der Faden ein paar Zentimeter kürzer war. Soundso viele Faden tief – bestimmt schon mal gehört, in alten Filmen oder dergleichen?«

André sah seinen Sohn nicken.

Das Hühnerhaus war gut mannshoch, begehbar durch eine Eingangstür. Dahinter stand man in einem Vorraum, durch eine weitere Tür ging es in den eigentlichen Stall. Auch an zwei größere Fenster aus Plexiglas war gedacht. Ausgestattet mit robusten, nach außen aufklappbaren Fensterläden, ließen sie sich, genau wie die dicke Vordertür, gegen Sturm und Wetter mit massiven Legeriegeln versperren. Stack hatte generell größten Wert auf dickes, hochwertiges Holz gelegt, auf kräftige Winkel, Schrauben und Scharniere, auf Stabilität.

Am 5. Oktober, einem Samstag, war das Hühnerhaus fertig errichtet. Es musste lediglich das eigentliche Freilandgehege noch eingezäunt werden – eine Aufgabe, die sie in der kommenden Woche angehen wollten –, außerdem fehlten bisher alle Außenanstriche des Hauses, für die sich die drei Bauherren auf keine Farbe einigen konnten – André schlug ein dunkles Grün vor, Stack bevorzugte zwei oder drei kontrastierende Brauntöne, Anders erachtete eine transparente Lackierung als völlig ausreichend; zuletzt verlosten sie zwischen sich die vier Außenwände sowie den Innenanstrich des Vorraums. Lack war noch keiner eingekauft.

»Dann sollten wir mal einen Gang zulegen«, sagte Stack, den Blick in den verräterisch blauen, von keiner Wolke getrübten Himmel gerichtet. »Es kommt ein Wetter, heute noch. Hab's schon seit dem Aufstehen in den Knochen. Wenigstens den Außenanstrich sollten wir aufgetragen kriegen, sonst müssen wir, falls es nachher regnet, tagelang warten, bis das Holz wieder trocken ist. Innenanstrich dann nächste Woche.«

So starteten sie zu ihrer letzten Fahrt in den Baumarkt. In sechs Tagen, ging es André unterwegs durch den Kopf, würde Anders zwölf Jahre alt werden. Er hatte längst Kontakt mit einem Tierheim aufgenommen; für den Rest der Fahrt kreisten seine Gedanken um den Hund, den er Anders nächste Woche dort aussuchen lassen würde. An den Unfall im vergangenen Jahr dachte er in diesem Zusammenhang nur flüchtig. Er rechnete auch nicht rückwärts, sonst wäre ihm aufgefallen, dass die Summe der seit dem Unfall verstrichenen Tage sich heute auf genau 359 belief.

Die Zahl hätte André Winter nicht gefallen.

Sabine hatte mehrfach vergeblich an der Haustür geklingelt und eben kehrtmachen wollen, als Melanie Winter vom Einkaufen gekommen war. Jetzt lehnten die Einkaufstüten nachlässig gegen ein Sideboard. Sabine saß am Esstisch, der das Zentrum der großen Küche der Winters einnahm.

»Ich brauche einen Kaffee«, sagte Melanie Winter. »Sie auch?«

»Gern, danke.«

Sabine sah sich unauffällig um. Der Raum verfügte über jenen vom Zeitgeist diktierten Schick, für den man eigenen Geschmack weder besitzen noch entwickeln musste. Pflegeintensive Möbel in Glanzlack – rot, schwarz, weiß –, hier ergänzt durch Nippes ohne Seele, dort durch dekorativen Plunder ohne Geist, eine ästhetische Bankrotterklärung, als *Lifestyle* etikettiert.

»Einen Fortissio?«, fragte Melanie über die Schulter. Sie stand bei der Anrichte, in einer Hand eine geöffnete Schachtel mit Kaffeekapseln, über die sie suchend, aber routiniert die Finger der anderen gleiten ließ.

»Wie bitte?«

»Das ist ein Lateinamerikaner. Eher dunkel geröstet und sehr vollmundig im Geschmack.«

»Also …«

*Ich kann nicht glauben, dass ein lebendes, denkendes Wesen solche Sätze von sich gibt. Und sie liest das nicht mal von der Packung ab, sie kann es auswendig!*

»Oder einen Linizio?«, zählte Melanie Winter weiter auf. Mit der rechten Hand hob sie eine goldorange glänzende Kapsel zur Ansicht in die Luft. »Der wäre eher ausgewogen und ein bisschen malzig. Na, ist besser um diese Uhrzeit. Ich mach uns einen Linizio. Den mögen Sie. Milch?«

»Bitte. Und keinen Zucker.«

Immerhin, überlegte Sabine, hatte sie für einige kostbare Sekunden die Wahl gehabt. Fast jeder Mensch, da machte sie selber bestimmt keine Ausnahme, war in irgendwelche Zwänge eingebunden, wurde von inneren wie äußeren Einflüssen bestimmt, die sich seinem Willen und seinem Zutun entzogen. Aber wer zwischen *vollmundig* und *malzig* lebte, der lebte unmöglich wirklich. Melanie Winter war ihr schon immer mehr als unsympathisch gewesen. Hätte man der Frau seit Anders' Schulantritt vor fünf Wochen ihren Willen gelassen, würde heute noch jeder einzelne Lehrer täglich zum Rapport vor ihr antreten, um sie über jede Bewegung ihres Sohns zu informieren. Auf einer Nerv-Skala von eins bis zehn erzielte sie locker acht oder neun Punkte: Ließ ihr Gegenüber kaum zu Wort kommen. Teilte unbarmherzig aus, ohne selber einstecken zu können. Fühlte sich rasch übervorteilt, beleidigt oder missverstanden. Menschen wie Melanie Winter zerrten einen, ohne mit der Wimper zu zucken, wegen irgendeiner Petitesse vors nächste Zivilgericht.

*Entschuldigen Sie, aber ich glaube, Ihr Atem hat soeben meine Brauen gebleicht.*

Etwa in dieser Art.

Fürchterliche Frau.

Sabine blickte sich unbehaglich um. Sie war keine große Anhängerin von Hausbesuchen, kam aber gelegentlich nicht drum herum. Es kam ihr vor wie ein Eindringen in das Intimleben einer Schülerin oder eines Schülers, was es auf gewisse Weise ja auch war – deren Heim zu sehen, die äußere Hülle jenes schützenden Kokons, den Eltern für ein Kind weben: Krippe und Hafen, Fluchtpunkt und Rückzugsort. Vorausgesetzt, alles verlief gut in einem Kinderleben.

Melanie stellte Sabines Kaffeetasse vor sie auf den Tisch. Ihre Hände zitterten unmerklich, ihrer Körperhaltung fehlte es an Spannung. Sie war abgekämpft, begriff Sabine, und das lag kaum an der hinter ihr liegenden Arbeitswoche. Plötzlich tat die Frau ihr beinahe leid.

*Der Unfall letztes Jahr hat dich aus der Bahn geworfen. Bis dahin hattest du eure Leben vorgezeichnet, deines und das deines Mannes und das deines Sohnes. Mit kräftigen Strichen, in leuchtenden Farben und mit klaren Grenzen. Dann wurden die Bilder zerstört. Als dein Sohn aus dem Koma erwachte, hast du sie sofort erneut gezeichnet … aber da wurde dein Sohn plötzlich anders.*

»Gebäck?«, sagte Melanie Winter.

»Nein, danke.«

Melanie nickte und lächelte unverbindlich. Es standen vier Stühle um den Esstisch. Sabine war sicher, auf den für Besucher gesetzt worden zu sein, und schloss eine schnelle Wette mit sich selber ab, welcher der übrigen drei Plätze ihrer Gastgeberin gehören mochte. Die sie, nur Sekunden später, gewann, als Melanie sich in den Stuhl vor dem größeren der beiden Küchenfenster setzte. Mehr Licht bedeutete bessere Übersicht. Bessere Übersicht bedeutete mehr Kontrolle.

»Felix und sein Vater sind leider nicht zu Hause«, erklärte sie. »Zurzeit sind sie sehr viel mit den Rennrädern unterwegs. Besser als jede Reha, denke ich.«

Felix und sein Vater.

*Anders und dein Mann.*

»Es ist mir sogar ganz lieb, wenn wir erst allein miteinander reden können«, gab Sabine zurück. Sie nippte an ihrem Kaffee. Er schmeckte überraschend gut.

»Ist es so ernst?«, sagte Melanie.

»Na ja, es hätte vielleicht auch noch bis Anfang nächster Woche Zeit gehabt. Aber ich war sowieso drüben im Nahkauf, und ich dachte, wenn ich rasch über die Brücke springe ...«

Erlogen, alles, zurechtgedacht, in diesem Moment. Sabine hatte in der vergangenen Nacht kaum ein Auge zugetan, weil sie wusste, dass ein Gespräch mit den Winters nicht mehr zu vermeiden war. Nicht nach dem, was sich gestern in der Schule ereignet hatte. Indem sie ihrem Besuch den Anstrich des Spontanen verlieh, wollte sie der Angelegenheit etwas von deren Gewicht nehmen. Tatsächlich wäre es längst an der Zeit gewesen, den Winters von den Eskapaden ihres Sohnes zu berichten. Indem sie es unterlassen hatte, hatte Sabine sich über geschriebene wie ungeschriebene Schulgesetze hinweggesetzt, aber das war ihr gleichgültig gewesen. Vergangenes Jahr, am Tag des Unfalls, hatte sie Felix Winter widerspruchslos aus ihrem Unterricht ziehen lassen, entgegen ihrer deutlichen Ahnung, dass etwas mit dem Jungen nicht stimmte. Einen solchen Fehler hatte sie nie wieder machen wollen, weshalb sie sich vorgenommen hatte, Anders, wie merkwürdig und schwierig er sich auch gebaren mochte, so lange wie möglich zu schützen: vor falscher charakterlicher Einordnung, vor ungerechter Beurteilung, vor den rauen Händen einer Welt, die ihm, einem neunmonatigen Tod entrissen, gänzlich neu erscheinen musste.

Das war ihre Einstellung gewesen bis gestern. Und jetzt ... Elterngespräch. Am heiligen Samstag. Unangemeldet. Und definitiv nicht mehr aufzuschieben, schon deshalb, weil sie Kammthaler im Nacken hatte.

Sabine spürte Melanies Blick auf sich lasten. »Gut, um zur Sache zu kommen«, begann sie. »Sie wissen, dass Anders –«

»Er heißt Felix.«

»Nun, in der Schule lässt er sich Anders nennen«, fuhr Sabine unbeirrt fort. »Und ich bin auch nicht hier, um über Vornamen zu diskutieren. Ihr Sohn hat sich sehr verändert, damit erzähle ich Ihnen sicherlich nichts Neues. Ich kann nur ansatzweise erahnen, wie diese Veränderungen sich auf Ihre Familie auswirken, aber ich sehe täglich, wie sie sich auf meine Schule auswirken, und ich muss Ihnen leider sagen: So wie bisher kann es nicht mehr weitergehen. Gestern –«

Irgendwo entfernt klackerte ein Schlüssel im Schloss. Melanie Winter hob ruckartig den Kopf. Ihre Lippen bewegten sich, Sabine las ein kurzes Wort, das aussah wie *Mist!*

Sekunden später betrat Anders die Küche, den Kopf vorgestreckt, das Kinn leicht angehoben, die Nasenflügel gebläht, wie ein junges Tier, das in der Dämmerung aus dem Wald auf eine Lichtung trat und Witterung aufnahm. Sobald er Sabine sah, blieb er wie angewurzelt stehen. Sein Vater stolperte ihm um ein Haar in den Rücken. André Winter registrierte Sabines Anwesenheit mit einem knappen Nicken. Er trug, genau wie sein Sohn, ein schwarz-oranges Rennradfahrer-Outfit, und beide, erkannte Sabine sofort, waren heute keinen einzigen Kilometer geradelt. Sie fuhr selber Rad, sie besaß ähnliche auf diesen Sport zugeschnittene Klamotten, und großartiges Absorptionsvermögen hin oder fantastische Luftzirkulation her: wenn die Teile beansprucht wurden, blieben anhaltende Schweißflecken nicht aus. Aber weder André noch Anders Winter hatten geschwitzt.

»So früh zurück?«, sagte Melanie.

Es war eine winzige Unregelmäßigkeit in ihrer Stimme, die Sabine aufhorchen ließ. Meine Güte, sie weiß es, dachte sie. Sie weiß, dass sie von den beiden belogen wird!

Anders fixierte seine Mutter. Genauer ausgedrückt tat er das, was Sabine inzwischen so oft an ihm beobachtet hatte, während er andere beobachtete: Er fokussierte irgendeine Stelle knapp über Melanies Kopf. Als er sprach, klang seine Stimme so nüchtern und tonlos, als wäre seine Mutter gar nicht anwesend.

»Sie hat uns gesehen.«

»Ich wollte schon ein paar Besorgungen machen für nächste Woche, den Geburtstag. Aber sie hatten im großen Markt keine passenden Kerzen, also haben sie mich rübergeschickt, zum Baumarkt.«

Die Sätze klangen wie auswendig gelernt, und das waren sie auch, dachte Sabine. Melanie Winters Lippen hatten sich bewegt wie der Mund einer Bauchrednerpuppe. Sie hatte sich genau zurechtgelegt, wie sie Mann und Sohn empfangen wollte.

André Winter starrte seine Frau an, als hätte sie ihm einen Schlag in die Magengrube versetzt. Der Puppenmund ging erneut auf und zu. »Was habt ihr denn dort gemacht, der Stack und ihr zwei?«

»Wir bauen das Hühnerhaus neu«, kam Anders jedem Erklärungsversuch seines Vaters zuvor. »Das, von dem du gedacht hast, der Eckhard hätte es angesteckt. Hat er aber nicht. Darf ich ein Glas Milch?«

»Steht auf der Anrichte.«

»Wenn du uns gesehen hast, warum bist du nicht zu uns gekommen?«, kam es schwach von André.

»Oh, ihr wirktet so beschäftigt. Da wollte ich nicht stören.«

Die Puppe wurde langsam wieder lebendig. Dennoch gelang der Versuch, die letzten Sätze sarkastisch klingen zu lassen, nur halbwegs. Genauso, wie es Melanie nur halbwegs gelang, ihren Zorn zu zügeln. Sie hatte sich, erkannte Sabine, eine Rede zurechtgelegt für den Moment, wenn ihr Mann und ihr Sohn von ihrem Lügentrip nach Hause kamen. Eine wütende Rede, aber Sabine war ihr mit dem unangemeldeten Besuch in die Parade gefahren.

Anders schien die den Raum erfüllende Anspannung ignorieren zu wollen. Er hatte ein Glas aus einem Regalfach in der Anrichte genommen und goss sich Milch ein.

»Könnten wir dieses Thema vielleicht später diskutieren, ohne Besuch?«, sagte André.

Sabine konnte nur zustimmend nicken. Sie hatte keinerlei Lust, in eine häusliche Auseinandersetzung gezogen zu werden.

»Sicher. Kehren wir einfach zu dem Thema zurück, für das Frau Rücker-Neufeld angerückt ist.« Jetzt funktionierte der Sarkasmus hervorragend. »Wir hatten gerade eine kleine Krisensitzung wegen Felix eröffnet. Ich weiß bloß noch nicht, worum es geht.«

»Krisensitzung?«, wiederholte André. Er setzte sich zu den beiden Frauen an den Tisch und warf dabei Anders einen raschen Blick zu. Der nahm einen großen Schluck Milch aus seinem Glas, wischte sich mit einer Hand über den Mund und sah Sabine aus brennenden Augen an. Sie hielt seinem Blick stand. Und sie klammerte ihr Verständnis aus. Anders hatte seine Chance gehabt, mehr als eine, über Wochen hinweg. Aber er hatte beschlossen, alle ihre Bitten und Warnungen zu ignorieren. Sie versuchte, keine Genugtuung darüber zu empfinden, dass er jetzt mit den Konsequenzen konfrontiert wurde, aber es gelang ihr nicht. Eine hämische, schlecht zu überhörende Kinderstimme in ihr jubelte, dass der verrückte kleine Scheißer endlich bekommen würde, was er verdiente.

»Es hat einen Vorfall in der Schule gegeben«, sagte Sabine, »von dem ich Sie als Eltern in Kenntnis setzen muss. Vor dem Eingang zur Aula, gestern ...«

*... in der Zehnminutenpause. Sabine studiert das Schwarze Brett, zwei Termine für die Theater-AG sind verschoben worden, sie trägt das in ihren Kalender ein. Unweit von ihr steht Anders mit Nisse und Ben, eine leuchtende Sonne mit zwei Trabanten; Nisse scheint sich inzwischen mit seiner neuen, untergeordneten Rolle abgefunden oder doch zumindest arrangiert zu haben. Wenige Schritte weiter, auf die drei Jungs zuhaltend, ohne sie wirklich wahrzunehmen, Samira und die immer blasse Jelka. Beste Freundinnen, sie halten Händchen, Samira scheint das gerade sehr zu brauchen: die Lippen aufeinandergepresst, die Augen ohne jeden Glanz, sie wirkt gequält, womöglich die erste Liebe, unerwidert ganz bestimmt. Samira und Jelka: Seit Sabine sich erinnern kann, nennt sie die zwei, bei sich, Schneeweißchen und Rosenrot. Jetzt wendet sie sich ab, denn sie denkt an den eigenen ersten Liebeskummer und muss heimlich lächeln. Als sie sich wieder umdreht, geht*

*Anders bereits auf Samira zu. Sabine setzt sich sofort in Bewegung, er hat das zu oft getan in letzter Zeit, immer wieder musste sie ihn bremsen, sie ist es leid. Anders steht jetzt direkt vor Samira.*

*»Da ist überall schwarzes Zeug an dir dran. Wie Asche.«*

*Samira sieht stirnrunzelnd an sich herab. »Da ist kein Zeug.«*

*»Nicht auf deinen Klamotten oder auf deiner Haut. Es ist da drin. Und es ist laut.« Anders streckt eine Hand aus und legt sie Samira aufs Herz, und damit direkt auf die Brust. Jelka entfährt ein erschreckter Schrei, Samira weicht entsetzt zurück. Dutzende von Schülerköpfen wenden sich ihnen zu.*

*»Bist du bescheuert, Alter, der vor allen Leuten an die –«, setzt Nisse an, aber Ben, der eben Sabine unter vollen Segeln bemerkt hat, verpasst ihm einen kleinen Rempler.*

*»Was machst du da, Anders?«, presst Sabine hervor.*

*»Nichts.«*

*»Du hast Samira angefasst.«*

*»Ich wollte ihr bloß zeigen, wo sie krank und laut ist.«*

*»Wo sie ... Anders, das ist Unfug, und du weißt das!«*

*»Ist es nicht. Samira ist in sich drin krank. Da schreit sie und weint.«*

*Sabine will das nicht hören. Ihre Energien reichen für diesen Jungen einfach nicht aus. Sie packt ihn beim Arm. Sie muss an sich halten, um ihn nicht zu schütteln. Später überlegt sie, ob sie ihn absichtlich härter angefasst hat als nötig und ob sie, ihre Hand um sein nacktes Handgelenk, deshalb so deutlich seinen Pulsschlag gespürt hat.*

*»Komm mal mit, bitte. Jelka?«*

*Die Mädchen stehen nebeneinander, Jelka hat Samira einen Arm um die Schultern gelegt. Samira ringt nach Luft, sie keucht. Nicht aus Scham. Nicht, weil Anders ihr etwa wehgetan hätte. Sie keucht, weil … weil ihre Eltern …*

*Ein vages, fast schwarzes Bild steigt vor Sabine auf. Ein Mann, eine Frau, Geschrei. Die Schwärze ist verbrannte, verglühte Wut, ist Asche. Weinen erfüllt die Luft, alle weinen, die Mutter, das Mädchen, der Vater, da ist ein weiteres Kind, hat Samira einen kleinen Bruder? Sabine schüttelt das Bild unwillig ab.*

*»Kann ich euch einen Moment allein lassen?«*

*Jelka nickt. Gott segne ihren klaren Kinderkopf. Sabine zieht Anders mit sich, um die nächste Ecke herum, in den Gang Richtung Lehrerzimmer.*

*»Anders, das geht so nicht weiter!« Fast flüstert sie, aber ihre Stimme ist eindringlich. »Du musst damit aufhören, Leute anzufassen und ihnen solche Sachen zu sagen.«*

*»Aber –«*

*»Kein Aber! Du machst den Kindern Angst, ich kann dir das nicht mehr durchgehen lassen. Wenn du wieder nicht zuhören willst, so wie neulich, werde ich mich an deine Eltern wenden!«*

*Sie interpretiert seine Bewegung so, als wolle er sich von ihr losmachen. Er legt seine freie Hand sacht auf Sabines ihn haltende Hand. Wärme fließt auf sie über, ein Strom von Wärme, sein Herzschlag scheint sie jetzt ganz zu erfüllen, beruhigend warm an diesem kühlen Tag ist seine Hand, er selber ist nur ein Kind, das einen Fehler gemacht hat, es existiert kein wirklicher Grund, ihn so anzufahren.*

*»Hörst du mir zu?«, sagt Sabine schwach.*

*Anders nickt. Er entlässt sie so langsam aus seinem Griff, wie er sie zuvor in Besitz genommen hat. Seine Augen sind glänzende, schattige Teiche. Irgendwann bald werden erst Mädchen, dann Frauen in diese Schatten eintauchen, darin versinken, sie werden alle ertrinken, ertrinken ... Sabine stolpert einen erschreckten Schritt zurück, von Anders fort. Sieht sich blitzschnell um, doch niemand hat den Vorfall bemerkt, und falls doch, muss es so ausgesehen haben, als hätte sie sich nur deshalb so tief zu Anders herabgebeugt, um ihm etwas leise zu sagen, es sich dann aber anders überlegt. Ihr ist schwindelig. Etwas Metallisches füllt ihren Mund; sie hat sich so fest auf die Lippe gebissen, dass sie Blut schmeckt. Anders bewegt die Mundwinkel millimeterfein aufwärts, es ist nicht zu erkennen, ob sein Lächeln ihm selber oder Sabine gilt. Ob es ein gutartiges oder ein ...*

... bösartiges Lächeln war, das er ihr jetzt über den Rand des Milchglases hinweg schenkte. Sabine hatte ihre Erzählung selbstverständlich auf eine Schilderung der äußeren Umstände beschränkt. Ihr war, als hätte Anders sich mit der gleichen Selbstverständlichkeit in ihrer Erinnerung eingenistet, um den Vorfall noch einmal durch ihre Augen zu sehen, mit ihren daran geknüpften Empfindungen und Gedanken.

*Oh, und wennschon, du verrückter kleiner Scheißer!*

»Samira war jedenfalls sehr aufgebracht«, schloss Sabine. »Sie rief sofort ihre Mutter an, Frau Awad stand noch gestern Mittag bei der Schulleitung auf der Matte. Erfreulicherweise maß sie dem Vorfall aber keine übergroße Bedeutung bei, und Samira hatte sich mehr erschreckt als alles andere. Dennoch, die Sache macht meinen Besuch quasi offiziell – ich bin von Direktor Kammthaler dazu aufgefordert worden.«

»Um uns was nun genau mitzuteilen?«, sagte Melanie, Frost in der Stimme. »Dass mein Sohn demnächst von der Schule fliegt, weil er die Folgen eines Unfalls noch nicht ganz im Griff hat, wegen dem er neun Monate im Koma lag?«

»Nein, selbstverständlich nicht.«

»Was dann? Dass er auf dem Schulhof öffentlich gesteinigt wird, weil er eine Moslemin unsittlich berührt hat?«

»Frau Winter, Vorurteile sind in dieser Angelegenheit nicht zielführend, und es geht hier auch nicht um –«

Ein schepperndes Krachen ließ alle zusammenzucken. Anders hatte sein leeres Milchglas hart auf der Spüle abgestellt.

»Ich wollte Samira nur helfen«, sagte er. Auf seinen blassen Wangen standen winzige rote Flecken. »Sie hat geschrien, aber in sich drin hilft das nichts. Sie muss draußen schreien. Es gibt eine Bahnbrücke über die Lahn, am Ortsausgang, Richtung Klärwerk. Da kann man gut schreien, wenn ein Zug drüberfährt. Ich könnte sie dahin mal mitnehmen. Soll ich?«

»Es geht nicht darum, wie Samira geholfen werden kann«, sagte Sabine geduldig.

»Gut«, sagte Anders ruhig, »dann fahre ich jetzt.«

Und ging.

Verließ die Küche ohne ein weiteres Wort.

Zog leise die Tür hinter sich zu.

Seine Eltern schauten ihm nach, aus unleserlichen Gesichtern. Unternahmen nicht einmal den Versuch, ihn zurückzuhalten oder ihm wenigstens etwas nachzurufen. Sprangen nicht ans Fenster, um zu sehen, in welche Richtung er mit dem Fahrrad fuhr. Konnten nicht. Sabine fühlte sich genauso geblockt – ihr Kopf war leer, ihren Gliedern fehlte es an Kraft und Willen zur Bewegung, auf ihrer Brust schien ein Gewicht zu lasten. Dunkelheit schien sich über die Küche zu senken, auch wenn es sicherlich bloß eine kleine Wolkenbank war, die sich draußen am bisher ungetrübten Nachmittagshimmel vor die Sonne schob.

Sieben, acht gepresste Atemzüge vergingen, bis Sabine wieder klar denken konnte. Bis dahin fühlte sie sich benommen, betäubt – und wie auch nicht, begriff sie endlich: Anders wohnte und lebte hier, sie befand sich auf seinem Territorium. Diese Küche war bis in die letzte Mauerritze durchsetzt, das Dach bis unter den letzten Dachsparren vollgesogen mit seiner unheimlichen empathischen Magie. Nichts anderes hatte dieses Lächeln vorhin bedeutet, als dass hier Anders' Gesetze herrschten, ausnahmslos für jeden, der sein Reich betrat. Kein Versinken in eisgrauen Augen war nötig, keine Berührung durch eine warme Kinderhand, damit Anders seinen Willen bekam. Weder mussten Gefühle oder Erinnerungen wachgerufen noch Bilder evoziert werden, kein Flüstern war nötig, kein Schreien, nur ein einfacher, ruhig ausgesprochener Satz, *dann fahre ich jetzt.* Manchmal vermutlich noch nicht einmal das.

Und es war noch nicht vorbei. Irgendetwas tief in Sabine klopfte und pochte wie ein zweiter, ahnungsvoller Herzschlag. Diese letzten von Anders geäußerten Worte – *dann fahre ich jetzt* – hatten nicht geklungen wie letzte Worte. Es war, als hätte er noch einen weiteren Satz daran anschließen wollen:

*Und ich komme nie wieder.*

»Nun, er wird schon wiederauftauchen«, sagte Melanie Winter in die bedrückende Stille hinein. Sie stand vom Tisch auf und wandte sich an ihren Mann. »Es tut mir leid, aber ich muss rüber zu den Walsers, Susanne und ich sind verabredet. Was es wegen Felix noch zu besprechen gibt, kriegen du und Frau Rücker-Neufeld sicherlich auch ohne mich hin, oder?«

Sie streckte Sabine eine Hand entgegen. »Ganz ehrlich? Ich habe lange genug versucht, dagegen anzugehen, aber ich glaube kaum, dass sich am Verhalten unseres Sohnes etwas ändern lässt. Sie haben es ja selbst gemerkt – er hat einen sehr eigenen Willen.«

*Und du flüchtest davor,* hätte Sabine ihr am liebsten nachgerufen, als Melanie aus der Küche verschwand.

Sie hörten die Haustür zufallen. André Winter schloss die Augen. Erneut legte sich Schweigen über die Küche. Unvermittelt fiel Sabine die Zeit vor vier Jahren ein, als sie am Blinddarm operiert worden war. Jeden Tag brachten Dutzende Menschen einen solchen Eingriff problemlos hinter sich. Nicht so Sabine. Monatelang war sie nach der erfolgreichen Operation von dem geplagt worden, was sie später Auflösungsträume nannte: das entsetzliche Gefühl, ihr Körper zerfalle in einzelne Teile, scheide Gliedmaßen von Organen, die in verschiedene Richtungen auseinanderstrebten, um sich zuletzt in Chaos und Schwärze zu verlieren.

Hier, in diesem Haus in der Ulmenstraße, löste eine Familie sich auf oder war bereits zerfallen. Die Winters als soziale Einheit wurden nur noch von ein paar einzelnen losen Fäden an längst aufgetrennten Nähten zusammengehalten. Bedrückt musterte Sabine André Winter, dessen Augen immer noch geschlossen waren. Irgendwann überlegte sie, dass sie die verstreichenden Sekunden hätte mitzählen sollen, die Minuten, um eine Zahl zu haben für das kleine Stück gemeinsam mit André Winter zurückgelegte Ewigkeit.

»Ich brauche jemanden zum Reden«, sagte er endlich, die Augen immer noch geschlossen.

*Dann sind wir ja schon zu zweit,* dachte Sabine.

André fuhr sich mit beiden Händen übers Gesicht. Er öffnete die Augen, presste die Lider noch einmal kurz zusammen, als wäre er todmüde und suchte unbedingt Schlaf. »Er macht das öfters. Einfach weggehen. Davonlaufen. Vielleicht, weil ihm irgendwas zu viel wird. Die letzten Tage, diese Bauaktion ... das waren gute Tage. Wir haben konzentriert gearbeitet, er schien endlich mal in sich zu ruhen. Seit heute ist das Hühnerhaus fertig. Offen gestanden, hatte ich schon damit gerechnet, dass er deswegen die Krise kriegt.«

»Wissen Sie denn, wohin er gehen würde?«

»Nein. Aber ich mache mir Sorgen um ihn. Als ob er ... er hat ...«

Sabine wartete.

»Er kann das, nicht wahr?«, fuhr André langsam fort, vorsichtig, als wollte er ausloten, ob sie ihn für verrückt halten könnte. »Seine Gefühle auf andere übertragen.«

»Ja. Und selber ist er offen für die Gefühle anderer. Das ist eines der Probleme, die er in der Schule hat. Kinder spüren es am ehesten. Sie haben Angst vor so etwas. Sie gehen ihm aus dem Weg.«

»Letztes Jahr, vor dem Unfall«, sagte André, nach einer weiteren kurzen Pause. »Er war da in irgendwas verwickelt.«

Sabine sah ihn alarmiert an. »Eine ähnliche Vermutung hatte ich auch schon. Nicht konkret, aber ...«

Sie erzählte von ihrem Eindruck, als Felix an seinem Geburtstag um Entlassung aus dem Unterricht gebeten hatte. Wie eingeschüchtert, nahezu ängstlich er gewirkt hatte. Wie sie selber sich später durch die Tatsache, dass er nicht auf direktem Weg nach Hause gegangen war, in ihrem Verdacht bestärkt gefühlt hatte, es sei an diesem Morgen womöglich um etwas anderes als Übelkeit gegangen.

»Darüber haben wir auch viel nachgedacht, nach dem Unfall, meine Frau und ich«, sagte André. »Dass er vorher noch anderswo gewesen sein musste.«

»Aber wo?«

André zuckte die Achseln. »Keine Ahnung. Aufgefallen war er unterwegs niemandem. Jedenfalls niemandem, der sich erinnerte.«

Er überlegte, rieb sich die Stirn, schürzte die Lippen. Zuletzt hob er entschlossen den Kopf. Die eisgrauen Augen, bemerkte Sabine erst jetzt, hatte Anders von seinem Vater.

»Haben Sie«, sagte André Winter, »schon mal an einem Computer ein Passwort gehackt?«

5. OKTOBER (2)

# FÜNF FADEN TIEF

Der Himmel bezieht sich, sein Blau weicht weißen Wolken, weiße Wolken weichen geballten, sich türmenden grauen Wolken, die Luft kühlt sich ab. Anders hat sich ausgezogen bis auf die Unterhose, seine Kleidung liegt in einem unordentlichen Haufen in der nur leicht ansteigenden, mit rosigem, fast verblühtem Wasserdost und Springkraut bewachsenen Uferböschung der Lahn. Dicht an deren Rand steht er, die Arme lose zu den Seiten herabhängend, den rechten Fuß streckt er prüfend ins Wasser, vorsichtig, nur die Zehen: herbstkalt. Man müsste beim Schwimmen darin lange, weite Züge machen, um nicht zu frieren, aber Anders ist nicht hierhergekommen, um zu schwimmen. Er fröstelt. Sein schmächtiger Körper leuchtet milchig vor dem blaugrauen Fluss, nur am linken Arm ist der Verband noch heller als die Haut, nahezu weiß.

Weiß ist die Anwesenheit aller Farben. Ich kann Weiß in seine Komponenten teilen, mit Augen und Geist kann ich es zerschneiden, dann treibt der Wind Blau und Rot und Gelb als Luftschlangen vor sich her, die verankert sind in meinem Kopf und ziehen, ziehen, ziehen, denn sie wollen zu meinen Fingern wieder heraus, und wo meine Finger die Welt berühren, tönt sie auf, sie klingt 337 und 8693 oder 5ünf7ieben6echs3rei7ieben.

Sie wissen, dass hier nicht nur die schwarze Nixe lebt, sondern auch deren Kind. Einer der Alten aus dem Städtchen hat die zwei Wasserwesen gesehen. Der Mann war nach der Feldarbeit eingenickt, irgendwo bei den Büschen, wo man ihn übersah; als die anderen gingen, wähnten sie ihn bereits zu Hause. Er erwachte des Nachts. Der Gang am Erler Loch vorbei war verrufen, spuken solle es dort, doch ihn auszuschlagen hieß, rückwärtig einen Halbkreis um die Felder nehmen zu müssen, das würde dauern. So nahm der Alte allen Mut zusammen, und als er den mondbeschienenen Fluss passierte, hörte er es plätschern und sah er blitzendes Wasser die mächtige Silhouette einer Frauengestalt umfassen. Ihr nackter, schuppenglänzender Oberkörper ragte aus den Wellen, und in den Armen hielt sie ein ungestaltes Ding, ein helles Kindwesen, erst halb Mensch, noch halb Fisch. Zärtlich hielt sie es an sich, überaus zärtlich, sie selbst wie das Kind in warmes Silber gehüllt von so viel Liebe, und sie sang, aber Laute kamen dabei aus ihrer Kehle, die waren nicht von dieser Welt – schwindelig wurde dem Alten davon; mal vermeinte er, die Sterne kreisen zu hören im weiten Universum, dann wieder war es, als hätte der liebe Gott das nächtliche Firmament bei den Enden genommen und zerrisse es soeben langsam entzwei. Der Alte schlich ungehört davon, aber zurück im Städtchen, erzählte er zunächst keinem von seiner Entdeckung. In der folgenden Nacht ging er erneut zum Fluss, und in der Nacht darauf noch einmal. Im Ufergewächs versteckt, beobachtete er, und er begriff, und was er sah, merkte er sich. Nach dieser dritten Nacht erzählte er es den anderen. Nun wussten sie alle, warum über die drei letzten Jahre so schlechte Ernten eingefahren worden waren: Die Nixe hatte ihnen den Regen weggeholt, alles Wasser aus den Bächen hatte sie mit ihren Nachtliedern umgeleitet, denn sie benötigte den Fluss tief, unendlich tief, um ihr Kind ganz unten am Grund sicher zu verstecken. Das Kind war an allem schuld. Das hässliche Balg.

Anders bewegt sich mit langsamen Schritten flussabwärts, zum Erler Loch hin. Weiter als knietief befindet er sich schon im Strom, die Steine unter seinen Füßen sind glatt, ihre Kanten abgerundet vom seit Jahrtausenden darüberströmenden Wasser.

Zuletzt weichen viele kleine Steine wenigen großen, dann wird der Untergrund flächig, und Anders spürt einen zusehends kräftiger werdenden Sog an den Füßen und um die Waden herum. Er weiß, da wartet nun bald der abrupte, durch nichts angekündigte Abfall des Wassers in die Tiefe, ins schier unergründliche Schwarz. Er hat diesen Übergang von der ihm bekannten Welt in den ozeanisch anmutenden Abgrund von der Spitze des Blutbaums aus gesehen, erst blau das Wasser, dann grau und dunkel, und wo das Dunkel wohnt, wartet Ruhe.

Ich muss, wenn es um mich und in mir zu laut wird, entweder ganz still sitzen oder ich muss mich sehr schnell bewegen, denn Stillsitzen erfordert Fokussierung, Bewegen verlangt Konzentration. Doch welchen Zustand ich auch einnehme: In ihm kann ich die mich erfüllenden Farben und Töne bündeln zu Nadeln aus gleißendem Licht. In diesem Licht lese ich Menschen, und mit den Nadelspitzen steche ich ein Muster in die Haut der Welt.

In der folgenden Nacht schlichen sie heran, fünf, sechs Männer, angeführt von dem Alten, um dem Spuk ein Ende zu bereiten, ausgerüstet mit einem schwarz eingefärbten Netz, bewaffnet mit Fischeisen und Kurzspeeren. Von der Stadtseite aus kamen sie, über die Wiesen, an der jungen, allein stehenden Blutbuche vorbei. Wolken trieben über den Himmel, ausladenden grauen Flößen gleich, verbargen einen im Wachstum begriffenen halben Mond, gaben ihn wieder frei, versteckten ihn erneut.

Schließlich drängten die Männer in Gebüsch und Röhricht, standen dicht am strömenden Fluss. Der Alte sprach: Gebt acht, passt auf, dass ihr nicht stürzt! Wer hier ins Wasser fällt, der ist verloren für immer! Der Fels fällt streng nach unten ab, das Wasser würde euch einfach mitnehmen, euch bis zum Boden der Grube zerren, aller Luft in euren Lungen zum Trotze! Grauer Sand mag da unten warten, vielleicht nur nackter, zackiger Fels, wer weiß das schon? Aber ganz unten, da macht das Wasser kehrt und presst euch geradewegs so wuchtig zurück nach oben, wie es euch zuvor hinuntergezerrt hat. Es reißt euch mit sich, eine Höllenfahrt wäre das, vorbei an Klüften und Kanten, so dass es euch die letzten Zentimeter Haut vom Leibe fetzt, noch bevor ihr wieder hier oben seid! Zuletzt klammert man sich an einen zwei, drei Klafter breiten Felsvorsprung, da hievt man sich hinüber und findet sich wieder in einem natürlichen, beruhigten Becken. Nur hüfthoch steht dort das Wasser, auch wenn's tiefer scheint, von hier aus betrachtet – seht ihr's dort drüben? Wie ein Teller, den ein Riese in den Fluss gestellt hat. In dieser Lagune spielt das Nixenkind, spielt Fangen mit dem flutenden Mond. Nur am ersten Abend war seine Mutter zugegen, seitdem taucht es alleine auf, es ist leichte Beute. Kommt jetzt, ich will euch einen Weg weisen, unterhalb dieses Beckens, hinter den Untiefen. Da ist die Strömung sanfter, das Wasser flacht aus, von dort müsst ihr schwimmen, eine kurze Strecke, also steckt eure Waffen fest in die Hosenbünde und folgt mir nur, folgt mir!

Wasser schlägt klatschend über seinen Füßen zusammen, die Kälte sollte seine Atmung lähmen, doch Kälte ist Anders willkommen, er spürt sie kaum. Tief taucht er und tiefer, lässt Licht und Tag hinter sich mit kräftigen, gleichmäßigen Schwimmzügen. Hunderte kleiner und kleinster Strömungswirbel des umgebenden, von Strom und Fels und Stein gelenkten Wassers drücken ihm, von allen Seiten gleichermaßen kommend, gegen Körper und Haut, so weiß er, wie ein an widerhallendem Schall sich orientierender Blinder, wo er sich befindet.

Ich weiß, dass ich, wenn ich ganz nach unten kommen will – aber der Flussgrund ist fern, noch unsichtbar –, irgendwann Luft aus meinen Lungen entlassen muss, um dem statischen Auftrieb entgegenzuwirken. Ich weiß, dass das mich umspülende Wasser eine sehr viel höhere Wärmeleitfähigkeit besitzt als Luft, weshalb ich darin ungleich schneller auskühle. Es ist möglich, dass mein Körper bald zu krampfen beginnt. Es ist möglich, dass ich hier sterbe, aber wenn Sterben der Preis für ewige Ruhe ist, will ich ihn zahlen. Ich kann den Lärm der Welt nicht mehr ertragen, die rote Musik, das Unglück der Menschen, diesen fäulnisgrauen Geschmack im Mund.

In der Lagune angekommen, legten die Fischer den Boden mit dem schwarzen Netz aus, das unsichtbar wurde unter der Nacht. Seitlich wie unterhalb der von der Natur geformten Felsmulde postierten sich die Männer, das Netz zu halten, unterdessen sie ständig mit der Strömung kämpften und unter Wasser nach Halt mit den nackten Füßen tasteten. Sollte das Nixenkind sich über den oberen Lagunenrand ziehen, es wäre verloren; einmal im Netz, gäbe es kein Entkommen. So warteten die Männer, frierend, zitternd, lauschten dem Plätschern des Flusses, zuckten zusammen, wenn eine schnelle Wolke den Mond ganz auslöschte, atmeten erleichtert aus, wenn sie ihn wieder freigab. Nicht fern musste Mädesüß blühen, denn ein schwerer, betörender Duft lag auf dem Fluss. Würzig und zuckrig zugleich, vermischte er sich mit dem allgegenwärtigen Moder abgestorbener Grünalgen. Geduld, flüsterte der alte Mann, ihr müsst euch gedulden! Bald kommt es aus der Tiefe, es kann nicht anders, es folgt dem Mond, der zieht es an. Bald kommt es, ihr müsst euch nur in Geduld üben. Aber als der erste Fischer die schmalen, blassen Hände des Nixenkindes über den Lagunenrand greifen sah, hielt er es für einzelne gelbe, von der Strömung angetriebene Blütenblätter einer Nachtkerze.

Im diffusen, von oben einfallenden Licht leuchtet hier und dort etwas auf, funkelt der Perlmuttschimmer einer Schuppe, kaum größer als die Blüte eines Vergissmeinnicht. Wie schwerelos hängt sie im Wasser. Unten, am Grund der Grube, bewegt sich etwas, tiefschwarz in der Schwärze. Es zieht Anders machtvoll dorthin, aber sein Körper verlangt nach Sauerstoff, und so wird er vom Kampf zwischen Geist und Körper für Sekunden in unentschiedener Schwebe gehalten, jener lockenden, perlmuttfarbenen Schuppe gleich. Weit und hoch, unendlich hoch über der Welt reißt kurz der Himmel auf, ein einzelner letzter Sonnenstrahl fällt auf den Fluss. Die Schuppe leuchtet auf. Anders streckt eine Hand aus, zieht sie wieder zurück.

Ich wende mich auf den Rücken und schaue nach oben. Wie tief – zwei Faden, drei? Der Sonnenstrahl von dort oben sieht aus wie geronnen. Wo er auf die Schuppe trifft, zerstiebt er zu einem Regenbogen, jede Farbe trägt einen Ton, jeder Ton klingt verschieden süß, in meinen Ohren, unter der Zunge, auf meiner Haut. Ich weiß jetzt, wie das andere Kind aussieht, da unten am Grund, fünf Faden tief. Ich stelle mir vor, wie es den Kopf der von oben zu ihm herabstürzenden Strömung zuwendet, sein kleines Maul mit den feinen, scharfen Zähnchen öffnet, und wie es mit laufenden Kontraktionen seiner Halsmuskeln die Kiemen bewegt, so dass Wasser ungehindert durchströmen kann. Das ist ein Atmen ganz ohne Anstrengung. Ich kann nicht mehr atmen. Ich kann nicht mehr atmen. Ich kann nicht mehr atmen.

Es bedurfte keines gesonderten Kommandos. Alle sechs Männer rissen das Netz gleichzeitig fest nach oben, kaum dass der bleiche, nur meterlange Schemen sich über den Beckenrand gehievt hatte und, mit einem leisen Platschen, ins Wasser der Lagune eingetaucht war. Aufgeregte Schreie, die Luft erfüllt von glitzernden Tropfen, als die Männer in der Mulde das Netz sicherten, unter Stolpern und Fallen und Wiederaufrappeln.

Erregte Rufe, lauter Jubel, darüber ein schrilles, unmenschliches Kreischen, ein kindliches Heulen, nicht von dieser Welt. Der Alte brüllte dagegen an: Packt zu, packt zu, zieht es hoch, erschlagt die Brut, schlagt sie tot, fester, fester! Und die Speere und Eisen stachen zu, das hohe, fast pfeifende Geheul des kleinen Gefangenen brach ab, alles ging unfassbar schnell jetzt. Das Wasser über der Grube kochte auf, ein tintenschwarzer Blitz schoss daraus hervor, in Geschwindigkeit verwandelte, rasende Wut. Die Nixe schnellte sich über den Lagunenrand, ihr breites Maul zu einem stummen Schrei geöffnet, Schmerz über Schmerz, peitschte durch das aufgebrachte Wasser, war hier, dort, überall zugleich, und in Myriaden von silbern aufblitzenden Wassertropfen mischte sich ein feiner Sprühregen aus tiefem Rot, als schuppenbesetzte Krallen Fleisch und Haut zerfetzten. Sie schrien, die Männer, sie schrien, als das Flussweib fürchterliche Rache nahm an jedem einzelnen von ihnen. Der alte Mann schrie noch, während rasiermesserscharfe Zähne ihm das Gesicht vom Schädel pellten, und über den unteren Rand der Lagune hinweg glitt bäuchlings der tote Körper des Nixenkindes, ein zerstochenes helles Boot auf einsamer, trauriger Fahrt.

Keiner sinkt so tief, in dessen Lungen noch Luft verblieben ist. Anders wird nie erfahren, wie weit es tatsächlich ist bis zum Grund der Nixengrube. Der Druck in seinen Lungen ist durch keine Willenskraft der Welt mehr auszuhalten – Anders öffnet den Mund, er presst ruckartig verbrauchte Luft nach draußen, ebenso ruckartig versucht er wieder einzuatmen. Wasser schießt ihm in Mund und Rachen, füllt ihm den Hals, seine Luftröhre will verschließen und kann nicht, Flüssigkeit drängt in die Bronchien, Anders krampft. Der Schmerz, ein Brennen ohne Feuer, kennt keinen Vergleich. In seinem Kopf scheint etwas sich zu dehnen und zu platzen, und es durchfährt Anders traurig, dass jetzt, wo er zum ersten Mal seit seinem Erwachen ganz bei sich ist, er sterben muss. Der Schmerz löst sich von seinem Bewusstsein. Das Flusswasser, den komplizierten Strömungsgesetzen der Physik folgend, trägt ihn langsam wieder nach oben, sehr langsam, zu langsam. *Nach oben,* denkt Anders, *nach oben, ich, ich heiße, ich heiße Felix, Felix Winter, ich bin Felix Winter. Und gleich bin ich tot.*

## 5. OKTOBER (3)
# CANIS MAJOR

Ben hatte lange mit der Frage gerungen, ob er den Aufstieg auf die rote Buche wagen sollte oder nicht. Davon abgehalten hatte ihn vor allem die Befürchtung, schon kapitulieren zu müssen, bevor es überhaupt ans eigentliche Klettern ging, denn das schwierigste Hindernis erwartete ihn gleich zu Beginn: das Erklimmen von einem der dicken untersten Äste in mehr als zwei Metern Höhe. Aber immer wieder hatte er Anders vor sich gesehen, wie der durch das rötliche Blätterwerk nach oben verschwand. Anders wäre nicht gefallen, wenn er es nur geschickter angestellt hätte. Es musste machbar sein, gefahrlos bis in die Spitze des

Baums zu klettern. Der Preis für das Wagnis war eine kilometerweite Aussicht in weiteste Ferne, der Blick Gottes. Gepaart mit dem Wissen, besser gewesen zu sein als Anders, besser als Nisse. Einmal gefasst, hatte der Gedanke, die Blutbuche zu besteigen, sich nicht mehr abstellen lassen. Zuletzt war er wie das Jucken an einer Stelle des Körpers gewesen, an die man nicht rankam.

Nicht mehr auszuhalten.

Am Samstagnachmittag gab Ben vor, zum Sport zu wollen. Der Termin lag da, wo er immer lag, niemandem würde die Idee kommen, er könnte etwas anderes vorhaben. Natürlich würden seine Eltern ausrasten, wenn sie von seinem Vorhaben erfuhren, das machte sein Vorhaben noch prickelnder. Nach Anders' Sturz von der Blutbuche war ihm, zur Strafe für seinen Mangel an Verantwortungsbewusstsein, auf drei Tage der Zugang ins Internet gestrichen worden. Plus, seine Mutter hatte mit ihm *geredet*. Ein Albtraum, der sich nicht wiederholen durfte.

Er ließ sich von seiner Mutter zum Sportplatz fahren, eine halbe Stunde früher als gewöhnlich. Extratraining, solo, lautete seine knappe Erklärung, er fühle sich in letzter Zeit wenig fit. Tatsächlich wollte er ausschließen, seinem Trainer oder einem der anderen Jungs zu begegnen. Seine Mutter sah ihm nach, bis er sich im offen stehenden Haupttor zum Sportplatz noch mal nach ihr umdrehte und winkte – Verabschieden nannte sie das, aber Bens Ansicht nach ging es ihr nur darum, so lange wie irgend möglich Blickkontrolle über ihn zu behalten. Als er sicher war, dass sie davongefahren war, machte er auf der Hacke kehrt und trabte in Richtung Obermühlsbrücke. Ab jetzt hatte er seine Ruhe. Nach Hause, hatte er seiner Mutter erklärt, würde er sich vom Vater eines Kumpels mitnehmen lassen. Er hängte sich seine Sporttasche über eine Schulter. Sie war schwerer als sonst. Neben einer kompletten Garnitur frischer Klamotten, Duschzeug und Handtuch befand sich darin die Lösung für sein Problem, auf die alte Buche zu gelangen.

Das Wetter spielte mit. Vormittags war der Himmel noch wolkenlos gewesen und glockenblumenblau, inzwischen bezog er sich, die Luft kühlte merklich ab, man konnte Regen daraus schmecken. Konnte nur gut sein, überlegte Ben, so würde er weniger schwitzen. Bisher hatte der Herbst sich farbenfroh und sonnig angelassen, es war kaum vorstellbar, dass in nur knapp zwei Monaten die Wälder kahl und von tristem Grau sein würden, die Luft eisig, und dass sein Vater, wie jedes Jahr, das ganze Wohnzimmer auf der Suche nach der CD mit den Adventsliedern auf den Kopf stellen würde.

Hinter der Brücke bog er nach links ab, in den schmalen Weg, der an einer winzigen Gartenkolonie vorbeiführte, hin zu den Obstbaum- und Weidewiesen, wo hier ein paar Schafe, dort zwei Pferde ihm desinteressiert entgegenblickten. Es war ein bisschen so, überlegte Ben, als wanderte man zurück in der Zeit.

Fünf Minuten später war er am Ziel. Ein Schleier aus Gerüchen hing über der flussnahen Wiese, mal dichter gewebt, mal weitmaschiger, letzte Sommergaben, streng und würzig, selten süß, und über allem der Modergeruch der Lahn. Seit dem Besuch vor zwei Wochen, erkannte Ben, war noch nicht gemäht worden, und schon da hatte das Gras hüfthoch gestanden. Er durchwatete es wie einen Fluss, auf halber Strecke reckte er den Kopf. Falls er abstürzte, würde ihn hinter dem hohen Gras niemand dort liegen sehen.

»Du wirst Spielball der Elemente sein«, murmelte er, »Krähen werden deine toten Augen aushacken und Eichhörnchen in die leeren Höhlen pinkeln.«

Die Buche, als er endlich davorstand, wirkte noch riesiger und einschüchternder als gewöhnlich. Aber vielleicht war Angst nur eine Frage der Perspektive? Er trat an den äußeren Rand der unteren Zweige und legte den Kopf weit in den Nacken. Hammer. Ein Meer aus dunklem Feuer, aber warum so geizig, all das Laub reichte für zwei Meere.

Er ging unter einem der Seitenäste bis auf wenige Meter an den gewaltigen Stamm heran. Dort stellte er seine Sporttasche ab, öffnete sie und zog ein zehn Meter langes, gut eineinhalb Zentimeter dickes Tau aus blauem Nylon hervor, das in ihrer Garage seit Jahren geduldig darauf gewartet hatte, irgendwann einen Wagen anzuziehen oder abzuschleppen. Er schaute kurz nach oben, auf der Suche nach einer passenden Wurfstelle. Der mannsdicke Ast über ihm war unmöglich zu umfassen, sobald man darunter an einem Tau baumelte, an dem man sich gleichzeitig mit einer Hand festhalten musste. Außerdem musste er Bens Gewicht tragen, ohne nach unten durchzubiegen, sonst wäre der nächste Ast darüber nicht erreichbar. Bereits zu Hause hatte Ben über ein gutes Drittel von dessen Länge hinweg Trittschlaufen in das Tau geknotet, in Abständen von jeweils etwa sechzig Zentimetern. So würde er mit einem Fuß in passender Höhe zusätzlichen Halt finden, um sich nach oben abdrücken zu können.

»Bin ich cool oder was?«, flüsterte er und knickte das Tau in der Mitte zu einer Bucht, um es auf zwei gleiche Längen zu bringen. Dann fasste er es drei Meter unterhalb der Knickstelle, zielte, atmete durch, schleuderte ... und warf die Bucht im ersten Anlauf über den Ast. Sie fiel locker auf der anderen Seite hinunter und pendelte dort in Kopfhöhe. Er zog sie zu sich, steckte die beiden losen Enden des Taus hinein, zog wiederum an diesen, dabei sorgfältig darauf achtend, dass die Trittschlaufen nicht in der Schlinge stecken blieben – und fertig war die Behelfsleiter.

*Bingo!*

Eine Minute später balancierte er los, das Herz im Hals, unterdrückten Jubel in der Kehle. Ab jetzt hieß es erst Klimmen, dann Klettern. Und Klimmen und Klettern war das, was er in den nächsten zehn Minuten hoch konzentriert tat. Die Äste der ersten und zweiten Baumetage waren noch so stabil wie fester Boden unter den Füßen, aber dieses Gefühl verlor sich rasch, je höher man kam. Ben war ein guter Sportler, muskulös, schlank und ausdauernd. Wenige Jahre noch, und er würde den Körper eines Athleten haben. Er wusste das; dennoch zog er sich mit einer Leichtigkeit nach oben in den Baum, die ihn selber erstaunte. Seine Füße fanden wie von alleine Tritt und Halt, seine Sinne orteten die passenden Lücken zwischen Blattwerk und Ästen und Zweigen, seine Hände fassten griffsicher nach oben und zu den Seiten, seine Arme zogen oder stemmten ihn; fast war es, als liefe er aufwärts. Der einzige Trick dabei war, niemals, niemals nach unten zu schauen.

Oberhalb der ersten zehn Meter gönnte Ben sich eine erste Pause, kaum erschöpft, eingehüllt in einen Mantel aus rotem Laub. Nach zwanzig Metern wollte er endlich etwas sehen, wollte eine Aussicht, doch das war unmöglich, solange er sich nahe am Stamm bewegte. Sich zum Rand der Baumkrone hin vorzuarbeiten war, wie er jetzt erkannte, die eigentliche Herausforderung der Unternehmung. Die Äste waren hier oben erheblich viel dünner als unten, und entschieden biegsamer; trotzdem schob er sich geduldig, einen knappen Schritt nach dem anderen, auf sein Ziel zu, eine kleine Lücke zwischen äußerem Gezweige, hinter der es blaugrau schimmerte: der Himmel. Er tastete sich vorsichtig so weit vor, bis es unter seinen Füßen bedrohlich zu wippen begann, was ihm ein erschrecktes Keuchen aus den Lungen presste. Für einen beängstigenden Moment hörte er noch einmal erst Nisses Schrei, dann den von Anders, als der stürzte, hörte Knacken und Brechen und Rauschen, sah das schwarze Etwas zwischen den Ästen durchbrechen, glaubte den Boden unter den Füßen erschüttern zu spüren, als der kleine Körper darauf aufschlug.

Weiter.

Sich teilende Zweige.

Die Burg.

Die Altstadt mit ihren kleinen Fachwerkhäusern, die sich oberhalb der evangelischen Kirche dicht an den Schutz versprechenden Schlossberg schmiegten.

Der Himmel, der Himmel! Verblassendes Blau, letzte Fasern und Fetzen von Wolkenweiß, dahinter, von Südwesten kommend, ballte und stapelte sich schwarzgraues Gewitter.

Wind im Gesicht, den Abschiedsgeschmack des Herbstes auf der Zunge, ein tausendfaches Rauschen in den Ohren, als wollte der Baum ihm zuflüstern: *Gut gemacht!*

Das Gefühl war unbeschreiblich. Der Ausblick war unbeschreiblich.

Stolz flutete durch Bens Körper, ein brennendes Gefühl drückte in seine Kehle, er spürte Tränen aufsteigen.

Schloss die Augen

Öffnete die Augen und sah, über die angrenzenden Wiesen hinweg, entlang der Erlen und Weiden, die das Flussufer säumten, Anders mit dem Rennrad denselben Weg nehmen, den vor einer halben Stunde noch er selber zurückgelegt hatte. Vorbei an Kleingärten und Obstbaumwiesen raste er mit halsbrecherischer Geschwindigkeit, ein schwarz-oranger Blitz, dessen Ziel jedoch nicht die Buche war, sondern jene Stelle am Fluss, an der sie neulich noch zu dritt gestanden hatten, Ben, Anders und Nisse, um rüberzuschauen zum Erler Loch.

Bens erster Impuls war, laut zu rufen. Die Frage war natürlich, ob Anders ihn überhaupt hörte. Aber vielleicht spürte er ihn, überlegte Ben. Manche Dinge schien Anders einfach aus der Luft zu lesen, als hätte der Wind sie ihm zugetragen. Aber nicht heute. Heute nahm der Wind den umgekehrten Weg, war Ben derjenige, dem etwas zugetragen wurde, kaum dass der sah, wie Anders sein Rennrad die letzten fünfzig Meter durch die Wiese schob, es zuletzt ins hohe Gras fallen ließ und sich am Flussufer seiner Kleidung zu entledigen begann.

*Er hat Stress gehabt,* flüsterte der Wind. *Wenn er Stress hatte, rettet er sich mit irgendeinem extremen Scheiß vorm Durchdrehen. Er will ins Wasser gehen. Ins Nixenloch. Will tauchen bis nach unten.*

Und der Wind wehte erneut, trug weiteres Wissen heran.

*Er wird sterben, da im Fluss.*

Später hätte Ben nicht sagen können, wie er es so schnell den Baum hinunter geschafft hatte. Aber schnell war er, davon sollten Schürfwunden an Armen und Beinen zeugen, die blauen Flecken, die er davontrug, als er, Etage um Etage, über Äste und Zweige nach unten eher glitt und fiel als kletterte; es war wie Schwimmen in einem Meer aus Rot, zuletzt kam der Boden unter seinen Füßen, als er die verbliebenen zwei Meter aus der fließenden Bewegung heraus sprang, ihm völlig unwirklich vor.

Er rannte. Gras peitschte gegen seine Beine, da war Gestrüpp, Gesträuch, wie Riesen aufragende Bäume, viel schneller als von ihm erwartet, blitzten Wellen und Wasser auf, gerade noch, dass er sich, stolpernd und dabei voranstrebend, die Schuhe von den Füßen reißen konnte, und schon war er im Fluss, der *laut* war, so wahnsinnig laut, laut, LAUT um ihn herum. Das war das Schlimmste, an das Ben sich später erinnerte: das wütende Brüllen des Flusses, der sich um sein Opfer betrogen sah. Das, und auf dessen anderer Seite der helle Fleck wie von frisch verschütteter Milch, der nackte Rücken eines schmächtigen Menschenkörpers. Er trieb am Rand des natürlichen Beckens, direkt unterhalb jener erschreckenden Schwärze, von der Ben sich unwillkürlich fragte, ob Anders sie wohl bis auf ihren tiefsten, den allertiefsten Grund ausgelotet hatte.

Er kam nicht trockenen Fußes durchs Wasser, holte sich aber auch nicht mehr als bis nur knapp über die Knie nasse Hosen. Er platschte flink zwischen den Steinen hindurch, an denen sich der anströmende Fluss brach, der hier, unterhalb der Nixengrube, nur langsam wieder Geschwindigkeit aufnahm, Gott sei Dank.

*Lass ihn nicht tot sein!*

Erst im Becken wurde Ben ganz nass. Den leblosen Körper dort herauszufischen war einfacher, als er befürchtet hatte, ihn durch den Fluss zu ziehen wiederum schwieriger als erwartet. Noch während er ihn, seine Arme unter Anders' Achseln verschränkt, keuchend über die Steine rückwärts zur anderen Uferseite zerrte und schleifte, überlegte er, wie eine Wiederbelebung funktionierte. Herzdruckmassage, kombiniert mit Beatmung, er kannte das aus Filmen, aber wie war der genaue Rhythmus? Egal, alles war besser als gar nichts!

Zuletzt erübrigte sich die Frage, weil Anders, kaum dass er ihn an den kiesigen Gewässerrand hatte fallen lassen, sich dort beinahe sofort hustend erbrach. Der schmale, auf der Seite liegende Körper zuckte mehrfach. Anders zog die Beine dicht an, Wasser kam stoßweiße aus seinem weit aufgerissenen, verzerrten Mund, zäher Speichel, braungelber, von irgendwelchen Bröckchen durchsetzter Schleim. Ben sank neben ihm auf die Knie, außer Atem; plötzlich schmerzten ihn seine Arme, als hätten über Stunden hinweg Bleigewichte daran gehangen. Er stützte sich mit beiden Händen auf den Boden, ließ den Kopf fallen. Er sah zur Seite. Anders hatte sich auf den Rücken gedreht. Der ganze Himmel spiegelte sich in seinen weit geöffneten Augen.

»Anders?«, flüsterte Ben.

Ein stilles Kopfschütteln war die Antwort.

Es war, als müssten sie sich beide vor dem Überfall auf den passwortgeschützten Computer Mut antrinken. André mixte zwei *White Russians,* und während er und Sabine tranken, im Wohnzimmer, sprach er, zunächst ausschließlich, über Anders.

»Ich hatte mir fest vorgenommen«, sagte André, »ihn in der Zeit nach dem Krankenhaus neu kennenzulernen. Und begreife erst jetzt, dass dazu auch gehört, dass er *mich* neu kennenlernen dürfen muss. Viel Gelegenheit habe ich ihm dazu noch nicht gegeben. Asche auf mein Haupt, hm?«

Sabine Rücker-Neufeld erzählte von Überforderungen.

»Vormittags nimmst du dir vor, für dieses eine Kind da zu

sein, dessen schreckliches Problem größer ist als alle schrecklichen Probleme der fünf anderen Kinder, die du auch noch an der Backe hast. Dann kommt eine Nachmittagskonferenz, bei der irgendein Sesselfurzer vom Schulamt dir erklärt, warum du die Lernstandserhebung zu dokumentieren hast. Bis zum Abend hast du dann alle Sorgenkinder vergessen, weil du nur noch müde, müde, müde bist. Oder es fehlt dir, falls du doch daran denkst, dank der zu erhebenden Dokumentation schlicht die Zeit, um dir noch Gedanken zu machen. Weshalb deine fünf plus ein Schüler, Simsalabim, in irgendeiner der nächsten Lernstandserhebungen unter *förderbedürftig* auftauchen!«

Nach einer halben Stunde angeregter Unterhaltung fühlten sie sich beide entspannt genug, um den Einbruch in Anders' Privatsphäre zu vollziehen. Bis dahin hatte André seinen Sohn stets im Hinterkopf behalten, allerdings war die anfängliche Sorge, Anders könne etwas zustoßen oder er sei drauf und ran, irgendeine Dummheit zu begehen, mittlerweile ein wenig verebbt. Kein Telefon oder Handy hatte geklingelt, niemand hatte die Haustür eingeschlagen. Nicht zuletzt gründete Andrés Sorge nur auf einem Gefühl, wenn auch, zugegeben, einem Gefühl, das Sabine Rücker-Neufeld mit ihm teilte.

In Anders' Zimmer wurden sie von einem ungemachten Bett, überquellenden Regalen und kreuz und quer über den Boden verteilten Klamotten begrüßt. André ging zum Schreibtisch und schaltete den aufgeklappten Laptop ein. Es würde über eine Minute dauern, bis das Gerät hochgefahren und einsatzbereit war.

»Ein Kollege im Büro meinte mal, auf der Suche nach einem Passwort solle man etwas aus dem nahen, sichtbaren Umfeld wählen«, sagte er. »Das wäre wie eine Art Zufallsgenerator. Tausendmal besser als leicht zu knackende Begriffe wie Vorname nebst Geburtsdatum, Name des Ehepartners, Hochzeitstag und so weiter. Gleichzeitig könne man es jederzeit wiederfinden.«

»Und weiter?«, sagte Sabine.

»Na ja. Schauen Sie sich um. Wenn Sie glauben, etwas Passendes gefunden zu haben, sagen Sie mir Bescheid. Sollte etwas dabei sein, das ich noch nicht gefunden und ausprobiert habe, sage ich Ihnen Bescheid. Die Hunderassen zum Beispiel können Sie vergessen. Hab ich alle schon durch.«

»Sie haben das schon öfter versucht?«

»Besorgter Vater. Verpetzen Sie mich nicht.«

»Bestimmt nicht.«

Er beobachtete, wie Sabine ihren Blick langsam von links nach rechts, von rechts nach links über das wüste Durcheinander schweifen ließ. Mellie würde durchdrehen, wenn sie wüsste, dass er der Lehrerin hier Zutritt gewährte. Aber Mellie hatte es vorgezogen, das Schlachtfeld vorzeitig zu räumen. Sie wäre ihm jedoch, überlegte André, sowieso nur im Weg gewesen, besorgt nur darum, das Zimmer könne zu wenig aufgeräumt sein. *Du lässt uns zu wenig Luft, Mellie,* dachte er. *Und du lässt dir selber keine Luft. Du erstickst. Ich weiß nicht, wie lange ich dir dabei noch zusehen kann.* Trauer erfüllte ihn, gleichzeitig stieg Wut in ihm auf. Er unterdrückte beides.

»Was ist damit?«, sagte Sabine.

»Womit?«

Sie streckte eine Hand aus und zeigte mit dem Finger darauf. »Mit dem Poster. Diese Karte von der Milchstraße, über dem Schreibtisch. Mehr vor der Nase haben geht doch kaum, oder?«

Plötzlich spürte André ein leichtes Kribbeln im Nacken. »Oh, Scheiße!«, entfuhr es ihm.

»Was?«

»Anders hat mehrfach versucht, das vergessene Passwort zu finden. Einmal, als ich dabei war, fragte ich ihn so was wie: ›Glaubst du, es fällt dir irgendwann wieder ein?‹ Und er sagte: ›Das steht in den Sternen.‹«

Sollte es so einfach sein?

Sie beugten sich gleichzeitig über den Schreibtisch zu dem Poster vor. »Was steht in den Sternen?«, wisperte Sabine.

André hatte das Poster nie gründlich betrachtet. Alle Sternbilder – nicht nur die des Tierkreises – waren durch feine Linien voneinander abgegrenzt, ein Areal grenzte unmittelbar ans nächste, nur so, erkannte er sofort, ergaben die Namen zumindest einiger Sternbilder einen Sinn: Mit etwas Fantasie sah der *Große Wagen* tatsächlich aus wie ein Wagen, den hatte er selber Felix mal am Nachthimmel gezeigt, v. d. U. *Großer Wagen od. Großer Bär* stand im abgegrenzten Feld, darunter die lateinische Bezeichnung: *Ursus major.* Rechts davon konnte man anhand ihrer Konturen die Zwillinge ausmachen, darunter lag der gleichfalls gut erkennbare *Große Hund,* dessen hellster Stern –

*Grundgütiger!*

André beugte sich noch weiter vor. Die Schreibtischlampe stand im Weg, er drückte den Oberkörper schräg daran vorbei.

»Sehen Sie das?«

»Was?«

»Kommen Sie ein Stück nach hier, und jetzt schauen Sie.«

»Da ist – oh!«

Der hellste und größte Stern im *Großen Hund* hieß *Sirius* und war markiert, schwarzer Edding auf schwarzem Grund, sichtbar nur, wenn von einer Seite her Licht darauf fiel. Oder wenn man, wie André und Sabine jetzt, schräg und von der Seite her darauf starrte, weil die matt glänzende Oberfläche des Posters aus diesem Winkel heraus ein wenig des ins Zimmer fallenden Tageslichts reflektierte. Ein winziger Turm mit Spitzdach glänzte auf, darauf, nur als feiner Strich, ein stilisiertes Fähnchen. Ein Schlossturm.

»Was ist das für ein Symbol?«, fragte Sabine.

»Zeig ich Ihnen gleich, Moment.«

Der Laptop war fertig hochgefahren. André nahm nervös auf dem niedrigen Schreibtischstuhl Platz. Er erklärte Sabine die Funktionsweise der Verschlüsselungssoftware und lenkte ihre Aufmerksamkeit auf die Icons von *Festung* und *Schloss*. Dann öffnete er das Programm, speiste es mit dem *Schloss* vom Desktop und klickt auf *Einbinden*. Das ihm schon bekannte Fenster flog auf:

*Kennwort*

»Dann wird's ab jetzt wohl spannend«, sagte Sabine.

André tippte *Sirius,* dann auf Eingabe.

*Falsches Kennwort oder kein Truecrypt Volumen*

»Scheiße«, murmelte André. »Wäre aber wohl auch zu einfach gewesen. Dann vielleicht ...«

Er klickte OK und wurde erneut zur Eingabe des Kennworts aufgefordert. Er versuchte es mit *großer Hund* und mit *Großer Hund,* mit *Canis major* und *Canis Major* – erfolglos.

*Falsches Kennwort oder kein Truecrypt Volumen*

»Lassen Sie mich mal«, sagte Sabine. »Ich kann schneller tippen als Sie. Ich will die Begriffe in möglichen Kombinationen aus kleinen und Großbuchstaben ausprobieren.«

André rollte mit dem Stuhl zurück und sah kurz dabei zu, wie Sabine begann, nacheinander *Großer Hund, großer hund, Großer hund* einzugeben. Dann lehnte er sich im Stuhl zurück und verschränkte die Hände im Nacken, wie er es im Büro tat, wenn er angestrengt nachdachte. Er schloss die Augen, öffnete sie wieder, stieß sich locker mit den Füßen ab und ließ den Stuhl langsam rotieren. Von zwei Wänden starrten die Hundeaugen ihn an, alle zwanzig Paare. Sein Magen hob sich, um sich dann schlagartig wieder zu senken. Er keuchte. Sabine nahm die Finger von der Tastatur.

»Sie haben es«, sagte sie nüchtern.

»Mit etwas Glück«, bestätigte André. Sabine trat beiseite, als er den Stuhl zurück an den Schreibtisch rollte. »Es geht um einen Hund, den Anders sich gewünscht hatte. Er wollte unbedingt am selben Tag mit ihm Geburtstag haben.«

*Ich nenn ihn Wuffer!* Anders, als der noch Felix gewesen war, der Felix mit einem einzigen, unerfüllt bleibenden Geburtstagswunsch. *Wir holen ihn an meinem Geburtstag aus dem Tierheim ab und das bedeutet, er und ich haben dann für immer am selben Tag Geburtstag!*

Aber konnte das sein? Statt des eigenen Namens den eines imaginierten Tieres, dazu das eigene Geburtsdatum? André tippte mehrfach Wuffer, stellte den elften Oktober in allen möglichen Schreibvarianten davor und dahinter, gruppierte ihn um das Wort herum – nichts. Er war auf Enttäuschung eingestellt, hätte aber trotzdem am liebsten den Monitor zertrümmert.

»Großer Hund«, bemerkte Sabine. »Großbuchstaben?«

Er tippte *WUFFER,* hielt die Umschalttaste gedrückt und fügte das Datum hinzu:

*WUFFER!!!=*

Diesmal kam keine erneute Kennwortabfrage. Vor ihm lag Truecrypt mit seinen diversen Optionen zum Einstellen und

Auswählen. Nichts hatte sich verändert, außer dass der von Anders als *Schloss* benannte Container jetzt in einer Liste virtueller Laufwerke als eingebunden angezeigt wurde.

»Ich hab das Gefühl, dass mein Herz mir gleich zum Hals hinausspringt«, sagte Sabine neben ihm mit kratziger Stimme.

»Schön«, sagte André. »Dann schlägt Ihres wenigstens noch.«

Er doppelklickte auf den Eintrag. Ein reguläres Ordnerfenster flog auf – das Schloss war geöffnet. Es enthielt einen einzigen Eintrag:

*sommer_feuer.mp4*

Eine Hand legte sich leicht auf seine Schulter. Sabine nickte ihm von der Seite her zu. André erwiderte das Nicken und atmete zweimal durch, um sich zu wappnen. Dann öffnete er mit einem letzten Doppelklick die Videodatei.

Es war geradezu unheimlich, wie schnell Felix sich erholte. Ben rubbelte ihn mit dem Badetuch aus seiner Sporttasche trocken. Felix schlotterte, hielt sich aber standhaft auf beiden Beinen. Irgendwann übernahm er das Handtuch und machte selber weiter. So helle Haut, als wäre nie Sommer gewesen, ein merkwürdiger Kontrast zu den rabenschwarzen Haaren. Seine Lippen, eben noch bläulich, wurden langsam wieder kirschrot.

»Wie fühlst du dich?«, fragte Ben nach einer Weile.

»Okay. Und du?«

»Auch. Bis auf meine nassen Sachen, aber ich hab ja Ersatz dabei. Meine Mutter denkt, ich wäre beim Sport, aber ich hab sie angelogen. Ich wollte unbedingt auf den Baum.«

»Und warst du?«

»Sonst hätte ich dich nicht gesehen. Bist du fertig? Gib mal bitte das Handtuch.«

Ben schälte sich aus der nassen Hose und zog sein T-Shirt aus. Er begann sich abzutrocknen. Er musterte Felix neugierig.

»Hast du dich am Kopf gestoßen, irgendwo unter Wasser?«

»Nein. Da war nur ein Geräusch, als würde was innen drin platzen.«

Felix stand auf, sammelte seine nur drei Schritte entfernt herumliegenden Klamotten ein und begann sich anzuziehen. Ben wartete, aber es kam nichts mehr. Schließlich hielt er es nicht mehr aus.

»Hast du deine Erinnerung wieder?«

»Ja.«

»Und?«

»Was?«

»Die andere auch? Ich meine, ist sie noch da? Die als Anders. Nach dem Koma.«

»Ja.« Felix zog sich sein Hemd über den Kopf. »Klar.«

Soweit es Ben betraf, war gar nichts klar.

»Und fühlt sich das nicht komisch an?«

»Nein.«

Wenn es irgendeines Beweises bedurft hätte, dass da noch

Anteile von Anders in Felix herumspukten, hatte der sie eben geliefert. Kein Mensch erwachte ohne Erinnerung aus einem Koma, nahm eine neue Identität an und tauschte sie, nur weil es mal im Kopf geknackst hatte, wieder gegen seine ursprüngliche ein. Ben zog Hose und Jacke seines Sportanzugs an und musterte dabei seinen Freund von der Seite. Felix fuhr sich mit beiden Händen durch die noch feuchten Haare und versuchte, eine Art Frisur hinzukriegen.

»Ich muss jetzt zu Stack«, sagte er.

»Du ... was?«

»Zu dem wollte ich schon letztes Jahr hin, vor dem Unfall. Ich hatte mich doch krankgemeldet bei der Rücker-Neufeld, erinnerst du dich?«

»Alter, die ganze Stadt erinnert sich. Jeder kennt die Geschichte.«

»Okay. Und dann bin ich also zu Stack. Wollte ihm alles beichten, du weißt schon. Ohne euch was zu sagen, vorher, aber ich glaube, Nisse hat was geahnt.«

Bens Hals war plötzlich trocken. Er schluckte.

»Jedenfalls, Stack war nicht daheim. Also bin ich nach Hause. Deshalb hab ich die Brücke benutzt. Weil ich vom Berg runter durch die Siedlung kam. Was ist?«

Ben schüttelte abwehrend den Kopf. »Du willst ihm doch nicht ernsthaft alles erzählen, oder?«

»Doch. Es war nicht richtig, was wir gemacht haben. Die Leute denken heute noch, er wäre es gewesen.«

»Aber es regt sich keiner mehr darüber auf. Es gab schließlich keine Beweise. Gegen den Stack, meine ich. Und wir kriegen solchen Ärger«, fügte er schwach hinzu.

Felix musterte ihn wie einen besonders interessanten Fremdkörper, der soeben dem Fluss entstiegen, vom Himmel gefallen oder dem Erdboden entwachsen war. Sein Blick drang nicht mehr in dich ein, bemerkte Ben sofort, wie der von Anders in dich eingedrungen war, aber darin lesen konnte man trotzdem: In bestimmten Fragen, sagte dieser Blick, kannte Felix kein *Vielleicht* mehr, kein *Eventuell,* kein *Ich überleg mir das noch mal.*

»Ich muss los«, sagte Felix. »Danke, dass du mich aus dem Wasser geholt hast. Du bist ein guter Freund.« Er wandte sich von ihm ab und ging zu dem im Gras liegenden Fahrrad. »Mit Nisse werde ich nichts mehr zu tun haben. Du musst dich nicht zwischen uns entscheiden, aber ich werde mit dir nur abhängen, wenn er nicht dabei ist. Er ist zu schwarz.«

»Ja«, sagte Ben leise. »Ich weiß.«

Er blickte Felix hinterher, wie er sein Rennrad aus der Wiese schob, dann fiel ihm etwas ein.

»Hast du was gesehen?«, rief er laut. »Hast du irgendwas gesehen, unten im Wasser?«

Keine Antwort. Ben sah ihm nach, bis er am Weg angekommen und aufs Rad gestiegen war, dann lief er ans Ufer, holte die Sporttasche und die nassen Klamotten und ging damit zurück zum Baum. Dort setzte er sich gegen den Stamm.

*Ich hab ihm das Leben gerettet.*

Er begann zu zittern. Seine Zähne schlugen aufeinander, es wollte nicht aufhören. Er stand auf, schlenkerte die Arme, schüttelte die Beine. Das Zittern ließ nach, sobald er sich bewegte. Zum zweiten Mal erklomm er das Tau, setzte sich auf den dicken Ast, löste den Ankersteg, ließ es zu Boden fallen und sprang aus der Hocke heraus hinterher.

*Aus mindestens zwei Metern Höhe.*

*Nicht schlecht, Alter.*

*Ja, aber ...*

*... wie tief ging es runter zur Nixe?*

Und das war es doch, oder? Das war es gewesen. Dieses Schneller, Höher, Weiter. Jeden übertreffen wollen. Bester sein, Erster sein, der Platzhirsch mit den dicksten Eiern. Das, genau das und nichts anderes, hatte ihnen letztes Jahr die ganze beschissene Suppe eingebrockt. Niemand hatte sie auslöffeln müssen. Aber jetzt kochte Felix sie wieder auf. Der Teufel wäre los, sobald die Wahrheit ans Licht kam. Bens Eltern, sonst so besorgt um ihn, dass sie ihm längst einen Peilsender implantiert hätten, wenn das erlaubt wäre, würden ihn umbringen. Er schob, automatisch, die rechte Hand in die Tasche der Sporthose, dann fiel ihm ein, dass sein Handy noch in den nassen Jeans steckte, in der Sporttasche. Gar nicht gut. Das Teil pfiff sowieso schon aus dem letzten Loch. Jetzt hatte es vielleicht kein regelrechtes Vollbad im Fluss genommen, aber es hatte auf jeden Fall mehr abbekommen als lediglich eine kleine Dusche.

Er zerrte die Jeans aus der Sporttasche, fummelte das Handy

hervor, drückte es an und registrierte erleichtert, dass das Display noch leuchtete. Ein feines, gleichmäßiges Sirren drang an sein Ohr, nachdem er Nisses Nummer aus dem Kurzwahlspeicher aufgerufen hatte, ähnlich dem einer Mücke, bloß von tieferer Frequenz und weniger unangenehm. Mehr jedoch nicht – kein Freizeichen.

Er wartete.

Etwas klackte, in das Sirren hinein.

»Nisse?«, rief Ben schnell. »Hörst du mich? Nisse?«

»... lo?«

»Mein Handy gibt den Geist auf, hör zu: Felix ist auf dem Weg zu Stack! Er will ihm alles sagen! Versuch mich zurückzurufen, okay?«

Nur Sirren.

»Nisse, hörst du? Felix geht zu Stack!«

Er befürchtete bereits, gar nichts mehr zu hören zu bekommen als: »...ümer...ich...um.«

»Was?«

Das Sirren schien an den Rändern auszufransen, dann brach es abrupt ab. Kein Laut mehr aus dem Handy. Ben schaute aufs Display: erloschen. Das Bad im Fluss hatte dem Teil endgültig den Rest gegeben. Wider besseres Wissen wartete er einige Minuten auf einen Rückruf von Nisse. Dann fummelte er die SIM-Karte aus dem Handy, steckte sie ein, lief ein paar schnelle Schritte in Richtung Lahn und schleuderte das Gerät mit einem Wutschrei in den Fluss.

Ein Schluchzen stieg in ihm auf. Bilder und Töne überschwemmten ihn. Stacks Hühnerfarm. Die Flammen. Vereinzelte, niedrige Pflänzchen zunächst, dann hochgewachsenen Blumen gleich, zuletzt ein lodernder, den ganzen Himmel verzehrender Urwald. Über ein Jahr lang hatte er diese Bilder erfolgreich von sich ferngehalten, die Bilder und die unwirklichen, fürchterlichen Schreie der Hühner, hatte sich immer wieder jeden Gedanken an die Geschehnisse verboten, sich jedes Mitleid mit dem alten Mann verboten, bis sein Geist zuletzt automatisch eine Weiche eingeschlagen hatte, sobald er auch nur ansatzweise daran rührte. Sogar das diesjährige Osterfeuer hatte er ausfallen lassen, wie er auch, Gipfel des Absurden, noch immer konsequent auf Hühnereier verzichtete.

Alles war gut gewesen. Aber jetzt war nichts mehr gut, und mit jeder verstreichenden Minute fühlte er sich schlechter. Er kickte hilflos ins Gras. Warf den Kopf in den Nacken, schaute nach oben: graugrün das drohende Gewitter und so schwer und tief, als wollte es die Erde unter sich erdrücken. Je länger Ben überlegte, umso überzeugter wurde er davon, dass es ein Fehler gewesen war, Nisse anzurufen. Dessen wenige Worte waren schwer zu hören gewesen, aber unschwer zu entziffern: *Ich kümmer mich drum.*

Selten hatte ein Satz ihm mehr Angst eingejagt. Er dachte an das, was im Wald versteckt lag, seit einem Jahr, an einer Stelle, die nur Nisse kannte. Er sah Nisse vor sich, an jenem Sommerabend im vergangenen Jahr beim Stadtfest, wie er zwischen den

Festwagen aus der Dunkelheit trat, die ihn nur widerstrebend ins Licht entlassen wollte, gerade so, als klammerte sie sich an ihn oder als sei sie selber an Nisse gekettet.

*Er ist zu schwarz.*

Unglücklich zog er sich unter das rote Blätterdach der Buche zurück. Er setzte sich mit dem Rücken fest gegen den massigen Stamm, schloss die Augen, legte eine Hand hinter sich auf die glatte, kühle Baumrinde und grub die Finger der anderen neben sich in den trockenen, harten Boden, in der Hoffnung, auf diese Weise mit Himmel und Erde verbunden zu sein, Trost zu empfangen, eine Antwort auf die Frage, was er tun und was er lassen sollte. Aber die Erde schwieg, und der Himmel, längst von bleiernem Grau, äußerte sich nur mit einem weit entfernten Grollen, wie um zu sagen, dass er zwar jederzeit bereit sei, einem Menschen die Wahl zu lassen, aber niemals, ihm dessen Entscheidungen abzunehmen.

Also gut. Sollte Nisse tun, was Nisse tun wollte. Selber würde Ben nach Hause gehen, seinen Eltern alles erzählen. Besser, er tat es, als dass sie es von der Polizei erfuhren. Und dann …

»Und dann tschüssikowski«, murmelt er leise.

Er packte seine Sachen zusammen und zog zielstrebig los, überraschte sich an der Obermühlsbrücke aber selber damit, dass er den nach Hause führenden Weg buchstäblich links liegenließ und stattdessen nach rechts abbog. Der neue Weg war kürzer, er führte am Sportplatz vorbei, wo Ben in einen eiligen Trab ausbrach, um nicht zufällig von Kumpeln oder seinem Trainer gesehen zu werden. Danach wurde sein Schritt nicht langsamer. Bis zuletzt hoffte er, entgegen aller Hoffnung, Felix sei nach Hause gefahren anstatt zu Stack. Aber dann war es André Winter, der auf sein drängendes Klingeln hin die Haustür öffnete und ihn überrascht anstarrte.

**Strafsache:** Brandstiftung Hühnerhof Stack, Klagenbacher Weg

Auswertung Videodatei *sommer_feuer.mp4*

(zur Durchsicht an PK Claus Tauchmann, Leiter Ermittlungsdienst)

Kantschuh, Ben (BK)

Pallasch, Nisse (NP)

Winter, Felix (FW)

1. und 2. Bildeinheit gefilmt von FW,

3. Bildeinheit gefilmt von NP

alle Aufnahmen mit Handy FW;

hohe Auflösung, sehr gutes Detail

**1. Bildeinheit**

*Ort: abgeschlossene Garage, innen (Elternhaus NP, Fuchspass 51)*

*Zeitcode: 19.27h – 19.28h*

NP hält in jeder Hand eine rot-weiße Stofftasche.

BK neben ihm, interessiert (häufig lächelnd).

FW (nicht im Bild, betätigt Kamera).

NP stellt beide Taschen ab, von einer zieht er den Rand herunter, nimmt eine Flasche raus, hält sie Richtung Kamera. Tasche enthält drei identische Glasflaschen (transparent, 1 Liter) mit jeweils brauner Stofflunte; zweite Tasche ebenso. *

*[* Zusammensetzung Brandbeschleuniger lt. GCMS s. Anlage 3a]*

NP: So, das ist das Zeug.

BK: Und wie macht man so was?

NP: Betriebsgeheimnis, Alter.

BK: Klar. Kriegt man sowieso im Netz raus.

FW (nur Stimme): Genau. Kawumm ~~dort komm~~.com.

BK: (lacht)

NP verschließt die Tasche wieder, wirkt gereizt.

NP: Okay, Schaufenster zu. Wir müssen los.

BK: Sagst du uns jetzt endlich, wohin?

NP: Einfach mir nach, Leute. Ihr wollt euch doch nicht die Überraschung versauen.

(Kamera aus)

**2. Bildeinheit**

*Ort: unspez. Waldweg, schlechte Lichtverhältnisse*

*Zeitcode: 20.14h – 20.16h*

NP neben BK, beide gehen zügig den Weg.

FW (nicht im Bild, betätigt Kamera).

Boden anscheinend holprig, Kamera ~~unsicher~~ wackelt.

FW (nur Stimme): … wenn sie dann unsere Leichen finden, haben sie einen Film dazu, weißt schon, so ein Wackelvideo, wie wir in unseren Untergang getrampelt sind.
NP: Hier gibt's keine Leichen. Das kann doch echt nicht sein, dass ihr den Weg nicht –
BK: Warte – doch, klar kenn ich den! Das ist der Klagenbacher Weg!
FW (nur Stimme): Ach … echt?
BK: Wären wir durch die Siedlung raufgekommen, hätte ich ihn erkannt, aber von hier oben her, durch den Wald …

FW (mit Kamera) bleibt kurz stehen.

FW (nur Stimme): Aber hier hat doch der …
BK (dreht sich im Weitergehen zu ihm um): Was denn?

FW geht weiter, schließt sich NP und BK wieder an.

FW (nur Stimme): Hier ist irgendwo der Hof vom Stack.
BK: Hab ich was verpasst? Wer issen das?
FW (nur Stimme): Mein Nachhilfelehrer für Mathe.
NP: Alter, der Stack ist das, der Hühnermann. Noch nie auf dem Wochenmarkt gesehen? Da hat sich neulich meine Mum mit ihm gestritten, wegen seinen Eiern.
FW (prustet los)

BK (kichert und lacht): Alter! Ey, Alter, ich ... schmeiß mich weg ... Wegen seinen Eiern! (lacht weiter)

NP: Fresse, du Schwuchtel.

BK (lacht): Eiermann!

NP: Jedenfalls hat er meine Mum dämlich angemacht. (Dreht sich um und grinst direkt in Kamera) Und deshalb gibt's heute Chicken Wings für alle.

FW bleibt wieder stehen, NP und BK ebenfalls.

FW (nur Stimme): He, ich weiß nicht. Muss das –

NP (schnell, laut): Klar muss das, Spast! Ich mix doch nicht das ganze Zeug zusammen und schlepp es durch den Wald, um dann nur 'ne Holzbank beim Waldparkplatz anzuzünden! Pack das Scheißhandy weg jetzt, du bist dran mit Tragen. Und sobald wir –

(Kamera aus)

**3. Bildeinheit**

*Ort: Wiese vor Hühnerhof Stack, Klagenbacher Weg*

*Gebäude + Nebengebäude gut sichtbar*

*Zeitcode: 20.21h – 20.25h*

NP und BK vor Bretterwand (Hühnerhaus).

NP hat eine Flasche aus der ersten Tasche geholt; beide Taschen stehen zu seinen Füßen.

FW (nicht im Bild, betätigt Kamera).

NP … das Ding endlich an?

FW (nur Stimme): Klar.

NP: Na dann – Butter bei die Hühner!

NP zieht ein Sturmfeuerzeug aus der Hosentasche. Es zündet beim ersten Versuch. NP entzündet, ohne zu zögern, die Lunte.

NP (singt): Klinge-linge-ling, klinge-linge-ling, hier kommt der … Feuermann!

Bei ›Feuermann‹ wirft NP die erste Flasche gegen die Querseite des Hühnerhauses. Aufschlag entzündet Brandfläche von ⌀ ca. 100 cm – Flammen sofort fassend, Feuer sich schnell ausbreitend.

BK: Wow!

FW (nur Stimme): Abgefahren!

NP läuft weiter, ums Gebäude herum und zur Längsseite.
BK und FW folgen ihm (Kamera wackelt heftig).
NP bleibt stehen, hebt Tasche hoch in Richtung FW (Kamera), winkt.

NP: Jetzt du.

FW (nur Stimme): Was?

NP: Deine Runde jetzt. Nun mach schon, beeil dich! Ich sag dir, du wirst das lieben! Du liebst das!

NP wedelt mehrfach mit der Hand. Er geht auf die Kamera zu.

NP: Hallo? Machst du auf Weichei? Gib mal, das Handy übernehme ich.

Kamera wackelt, als NP das Handy übernimmt.
Im Tausch erhält FW die Tasche mit jetzt zwei Flaschen.
Zweite Tasche verbleibt bei NP.
FW schüttelt den Kopf, grinst aber dabei (unsicher?).
Kamera auf Hand von NP, mit gezündetem Sturmfeuerzeug.

NP (nur Stimme): Jetzt komm, einfach die Lunte ran, und dann suchst du dir 'ne hübsche Grillstelle aus (lacht).

FW zögert kaum. Sucht am Haus nach Orientierung. Entzündet Lunte und wirft sofort die Flasche. Er trifft die linke Oberkante der Hühnerhaus-Längsseite. Feuer spritzt und lodert auf, ∅ ca. 120 cm. Eingesperrte Hühner gackern und machen Lärm (ab jetzt dauerhaft).

FW (schreit): Wow! Oh, Mann ...

NP (nur Stimme): Yes! Genau so!

FW: Oh, Mann! Alter! Die Nächste mach ich auch noch!

FW läuft am Hühnerhaus entlang zum rechtwinklig angrenzenden Geräteschuppen.
NP mit Kamera folgt.
FW zieht die dritte Flasche aus der Tasche, lässt Tasche fallen.
NPs Arm, ausgestreckt, mit brennendem Feuerzeug.
FW entzündet die Lunte und starrt auf die Flasche.

NP (nur Stimme): Jetzt wirf schon, du Penner, bevor uns das Teil um die Ohren fliegt!

FW holt aus, zielt und wirft. Flasche kommt schräg auf, deshalb ist die dritte die größte Entzündung;
Länge ca. 150 cm, Höhe 100 cm.
BK steht in sicherem Abstand.
Hühnergeschrei wird immer lauter.
FW beginnt, mit großen Storchenschritten im Kreis zu laufen. Wedelt dabei mit den Armen auf und ab, sein Kopf ruckt vor und zurück. Lacht und schreit hysterisch.

FW: Puck, puck, puck! Puck! ... Voll geil, Leute,
voll geil, das ist so krass! Wie ist das irre, Leute!

Kamera wackelt, als NP sich damit umdreht.
Keine aussagekräftigen Bilder.

NP (nur Stimme): Halt mal die Fresse! Halt doch mal die – da kommt einer, da kommt –
FW: Das ist der Stack! Der Stack kommt!
NP (nur Stimme): Weg hier, los!

Kamera wackelt weiter, als NP auf FW zuläuft.

BK (nur Stimme): Scheiße!
NP (nur Stimme): Jeder in eine andere Richtung – hört ihr? Jeder in eine andere Richtung, los.

Kamera wackelt extrem, als NP sie an FW übergibt. Kamera ruckt hoch und zeigt NP, wie er mit der zweiten Tasche nach oben (Einmündung Klagenbacher Weg in Stadtwald) in den Wald rennt.
BK stellt sich vor FW, bildfüllend.

BK: Felix, renn!
FW (nur Stimme, keuchend): Mann … Oh, Scheiße.
Was für eine Scheiße.

(Kamera aus)

Bis zum späten Nachmittag hatte der Himmel sich endgültig in eine durchgehend mattgraue Fläche verwandelt, auf der düstere Wolkenberge gegeneinanderdrückten. Als der erste Donner klang, konnte Eckhard Stack sich beglückwünschen, gerade noch rechtzeitig alle Lacke, Pinsel und Reinigungsutensilien im Hühnerhaus untergestellt zu haben. Er stand im Stall und überlegte, ob er den zu erwartenden Regenguss hier aussitzen sollte. Eventuell würde das Gewitter die Gegend nur streifen, so schnell wie die Wolken zogen, würde es jedenfalls kaum lange anhalten. Aber Romy war allein im Wohnhaus. Sie hasste Blitz und Donner. Wenn sie nervös wurde, kackte sie sonst wohin, und Stack hatte für heute genug gearbeitet. Er sog schnuppernd Luft ein und erfreute sich am matten Lackgeruch der Außenanstriche: dunkelgrün die Wand mit dem Wald im Rücken sowie die beiden Seitenwände, braun die gesamte Vorderwand; den von Anders bevorzugten Klarlack würden sie für den auf dem Gelände noch zu errichtenden kleinen Geräte- und Futterschuppen nehmen.

Und plötzlich stand der Winterjunge im Vorraum. Felix Winter, nicht Anders, erkannte Stack sofort, auch wenn es ein anderer Felix war als der aus der Nachhilfezeit. Kaum noch Tageslicht drang durch die zwei Stallfenster, aber es war ausreichend, um das Unglück in Felix' grauen Augen sichtbar zu machen. Ein flaues Gefühl breitete sich in Stacks Magen aus. Mit einer stummen Kopfbewegung bedeutete er dem unerwarteten Besucher, einzutreten. Felix trat bis auf zwei Armeslängen an ihn heran.

Ohne weitere Aufforderung, stockend zunächst, dann zusammenhängender und schneller, begann er zu erzählen. Kein einziges Mal senkte er dabei den Blick, nie schwankte seine Stimme. *Ich hatte viel Bekümmernis,* dachte Stack, und der betrübte Eingangsrhythmus der Bach-Kantate, die seine Frau so sehr geliebt hatte, fiel ihm ein. Bei allem Entsetzen, das die Beichte in ihm auslöste, kam er doch nicht umhin, diesem Jungen, der ihm gerade mal bis an die Brust reichte, Anerkennung und Respekt zu zollen. Felix hatte Schuld auf sich geladen. Indem er diese eingestand, stellte er sich den aus seinem Tun erwachsenden Konsequenzen. Ohne es zu wissen, nahm er in diesem Moment Abschied von seinem Kindsein.

Stack stellte kaum Zwischenfragen. Warum Felix die Datei mit der Filmaufzeichnung aufgehoben habe, wollte er wissen, stellte die doch einen nicht zu widerlegenden Beweis für die Brandstiftung dar. Nun, aus ebendiesem Grund, erklärte Felix: Drei Flaschen mit Brandbeschleuniger waren an jenem Abend übrig geblieben. Die hatte Nisse wieder mitgenommen, sie auf seiner Flucht irgendwo im Wald vergraben und einige Tage darauf, in der Schule, angekündigt, sich einen solchen Spaß noch einmal zu machen, an einem anderen Ort, zu einer anderen Zeit. Felix hatte dieser Ankündigung entgegengewirkt mit der Drohung, in einem solchen Fall die Datei der Polizei zu überlassen, selbst wenn das bedeutete, sich damit selber gleichfalls zu beschuldigen.

Und an seinem Geburtstag im vergangenen Jahr, dem Unglückstag, warum sei er da bei Stack aufgelaufen, wenn auch ohne ihn anzutreffen? Da habe ihn, führte Felix aus, das schlechte Gewissen getrieben. Wie es ihn bereits getrieben habe am Tag des Erwachens nach dem gelegten Feuer, ihn immer schlimmer belastet habe, zumal er doch, das war das Schlimmste, bei dem letzten Nachhilfebesuch, bevor seine Mutter Stack zum Brandstifter und die Nachhilfe für beendet erklärte, dessen Leiden mitempfinden musste, und nicht zuletzt war da ja auch noch das verkrüppelte Huhn gewesen, um dessen kleines Leben sie gemeinsam gebangt hatten. Falsch sei sein Leben ihm vorgekommen seit jenem schlimmen Abend, eine Lüge, mit der er immer weniger hatte leben wollen. Zuletzt gar nicht mehr.

Eckhard Stack bemühte sich um inneres Gleichgewicht, seine Erschütterung reichte tief. Felix musterte ihn bang: Hatte Stack es geahnt?

Nein, hatte er nicht.

Tat es weh, zu weh?

Ja, das tat es.

Würde er dennoch verzeihen können?

Mit einem Krachen schlug die Außentür des Hühnerhauses zu. Felix fuhr zusammen. Stack glaubte an einen Windstoß, aber dann erklang ein Schaben und Poltern, als draußen, unverkennbar, der Schließriegel umgelegt wurde. Jetzt ließ die Tür sich von innen nicht mehr öffnen. Irritiert nahm Stack, gefolgt von Felix, die wenigen Schritte aus dem Stall hinaus und durch den Vorderraum zur Tür. Was sich als ein Fehler herausstellte, für den Stack sich Sekunden später verfluchte, als aus dem hinteren Teil des Stalls erneut Krachen ertönte, ein zweifaches diesmal, hervorgerufen durchs Zuschlagen der beiden Fenster. Bis der alte Mann und der Junge sich durch die unvermittelte, alles verschluckende Dunkelheit zurückgetastet hatten, war es längst zu spät, waren auch dort von außen die Riegel vorgelegt. Noch gaben die beiden keinen Laut von sich. Stack, der Felix neben sich atmen hörte, streckte eine suchende Hand aus und legte sie ihm auf die Schulter. Beide lauschten angestrengt in die Finsternis. Schritte bewegten sich um die Hütte herum. Einmal, zweimal vermeinte man, ein Gluckern zu hören, dann drang Benzingeruch in die Hütte. Felix liefen plötzlich Tränen aus den Augen, und Stack fing an zu brüllen.

Es war dieses Brüllen, das Sabine Rücker-Neufeld hörte, als sie selbst, André Winter und Ben Kantschuh aus dem Wagen der Winters sprangen, und das ihr mitteilte, dass in dem aus Holz gezimmerten Gebäude Menschen eingesperrt waren. Doch es war der sich ihr bietende Anblick, den sie niemals vergessen würde: Nisse Pallaschs schlanke Gestalt auf der Wiese vor der Seitenwand des Hühnerhauses, im Gewitterlicht kaum mehr als ein grauer Schemen, in der ausgestreckten Hand eine goldene, kugelförmige Flamme, als hätte er eben dem schwarzen Himmel über ihnen den letzten Stern entrissen.

André Winter, kaum dass mit knirschenden Bremsen der Wagen zum Stillstand gekommen war, warf die Tür auf, sprang nach draußen und spurtete los, eine fließende Bewegungsfolge, als gelte es, das halsbrecherische Tempo, mit dem er durch die Stadt und das alte Siedlungsgebiet gerast war, um jeden Preis aufrechtzuerhalten. Er schoss auf Nisse zu.

Wie das Feuer entstand, konnte Sabine an diesem Abend bei der Vernehmung durch einen sehr jungen, sehr freundlichen Polizisten nicht eindeutig aussagen – im entscheidenden Moment war Nisse durch den auf ihn zustürmenden André ihrem Blick verborgen –, aber es geschah, als sie selber den PKW verließ. Stacks Gebrüll drang an ihr Ohr und sie hörte André mehrfach laut rufen – *Stopp, nicht, halt,* etwas in der Art –, und sie sah, über die Beifahrertür hinweg, wie er sich dabei Nisse rasend schnell näherte und zuletzt den Jungen praktisch überrannte. Ob Nisse, wie er selber später fest behauptete, das brennende Sturmfeuerzeug durch den Aufprall aus der Hand geschleudert wurde oder ob, wie André nicht müde wurde zu versichern, Nisse es vorsätzlich gegen die rundum mit Brandbeschleuniger beschüttete Hütte geworfen hatte, sollte für immer unklar bleiben. Aber wie auch immer: Der Außenanstrich des Hühnerhauses mochte über die Nachmittagsstunden hinweg getrocknet sein, dennoch blieb es frisch aufgetragener Lack. Das kleine Holzhaus brannte wie Zunder. Beide, André wie Nisse, standen von einem auf den anderen Augenblick vor einer meterhoch züngelnden Flammenwand, zwei erschreckt geduckte schwarze Scherenschnitte mit überscharfen Rändern, hinter denen es goldrot und orange loderte und waberte. Und brüllte und schrie: entsetzlich hohe, spitze Kinderschreie.

Sabine lief los. Auf die Frage, was sie gedacht habe in diesem Moment, runzelte sie nur kurz nachdenklich die Stirn, bevor sie sagte, gar nichts habe sie gedacht, nur gesehen und gefühlt und gewusst: dass sie sich jetzt die Haare versengen und mindestens die Hände, wenn nicht beide Arme verbrennen würde, weil für sie außer Frage stand, dass sie versuchen musste, wenigstens eines der beiden versperrten Fenster zu entriegeln. Warum nicht die Tür? Nun, das wäre nicht sonderlich klug gewesen. Abgesehen davon, dass die Fenster näher lagen, versuchte an denen auch schon André Winter sein Glück; ganz sicher wusste der freundliche junge Polizist, was geschah, wenn bei einem Brand Fenster und Türen gleichzeitig geöffnet wurden. Ja?

Und so kam es, dass Felix Winter und Eckhard Stack durch die Fenster des brennenden Hühnerhauses gerettet wurden, Felix zuerst, der drinnen halb von Stack, draußen halb von seinem Vater gehoben wurde, gefolgt vom hustenden Stack selber, den Sabine humpelnd und stolpernd an den Rand des Geländes brachte, wo sie im Feuerschein eine alte Holzbank ausgemacht hatte. Immer wieder stieß der alte Mann einen Frauennamen aus; es blieb nur zu hoffen, dass der offensichtlich erlittene Schock keine lebensbedrohlichen Folgen nach sich ziehen würde. Unerwartet war auf einmal Ben an ihrer Seite, und sie registrierte dankbar, wie er sich dicht neben Stack auf die Bank setzte, ihm einen Arm um die Schulter legte und beruhigend auf ihn einzureden begann.

Während all dessen hatte Nisse Pallasch auf dem Gelände

gestanden wie Lots Frau nach ihrem Blick auf Sodom. Jetzt lief Sabine mit raschen Schritten zu ihm, legte die Arme um ihn und zog ihn fest an sich. Nisse bot keinen Widerstand. Sie hörte ihn weinen, sehr dicht an ihrem Ohr, und einzig und allein das wollte sie in diesem Moment hören, nur dieses Weinen.

Ben sah Sabine Rücker-Neufeld Nisse umarmen, wie er zuvor schon André Winter seinen Sohn, nachdem er ihn einige Meter vom Feuer fortgetragen hatte, an sich hatte reißen sehen. Für den Bruchteil einer Sekunde fühlte Ben sich sehr einsam. Er verstärkte den Druck seines Arms um Stacks Schultern, dessen Rufe nach seiner Frau auch allmählich leiser wurden, verstummten und einem trockenen Schluchzen wichen.

Ben winkte, als André Winter seinen Sohn irgendwann losließ und mit dem Finger in Richtung Bank zeigte. Felix nickte und setzte sich in Bewegung, während sein Vater, bereits ein Handy am Ohr, sich zu Sabine und Nisse begab. Feuerwehr, Polizei. Nicht mehr lange, dachte Ben, und die Sirenen würden die ersten Schaulustigen anlocken.

Felix nahm neben ihm Platz. Er zitterte. Schaute Ben betreten an, wortlos, schließlich musterte er über ihn hinweg Stack, der jetzt ganz verstummt war und leer, schrecklich leer vor sich hin starrte. Im Auto, sagte Felix, liege eine Decke, ob Ben sie ihnen wohl holen könne? Verrückt, so nah an einem Feuer zu frieren. Als Ben aufstand, rückte Felix dicht an den alten Mann heran, und im Davongehen hörte Ben ihn leise flüstern, aber vielleicht war es auch Stack selber, der flüsterte, das Feuer war so laut, dass unter dem Knacken und Bersten jedes Umgebungsgeräusch erstickte.

Auf dem Weg zum Wagen der Winters blieb Ben stehen und schaute in den mit unverminderter Heftigkeit wütenden Brand. So hatte er schon einmal hier gestanden, nicht als Zeuge und Zuschauer, sondern als Täter, wohl wissend um das Unrecht, das er beging, aber auf die Stelle gebannt von Angst und mangelndem Mut. Nun, dieser Bann war jetzt gebrochen. Da war der Baum gewesen, der Fluss und das Feuer. Niemand mehr, niemand, würde seinen Willen zukünftig je wieder in Ketten legen können.

Als er mit der Decke zur Bank zurückkehrte, sah er Felix mit beiden Händen Stacks rechte Hand halten. Stacks Kopf war auf die Brust gesunken, gerade so, als wäre er nur eingeschlafen. Felix blickte auf, als Ben näher kam, er lächelte schwach, einen unwirklichen Glanz in den Augen, als wollten sie überlaufen und pures Silber sich aus ihnen ergießen. Das lag wohl am Widerschein des Feuers. Ein immer lauteres Rauschen erfüllte die Luft, dann begann es zu regnen.

EPILOG

# DANACH UND DAVOR

Buchenlaub löst sich im Herbst nicht vom Baum, es trocknet lediglich ein; erst die nachdrängenden Blätter stoßen im kommenden Frühjahr ihre Vorgänger endgültig ab. Also wartet der Junge ungeduldig, bis im Mai die uralte Blutbuche auszutreiben beginnt, wartet noch ein wenig länger, bis Anfang Juni die neuen Blätter so dicht stehen, dass sie den Baum verwandeln in eine strahlende, purpurfarben gegen den Himmel stoßende Fackel. Jetzt erst werden er und der Freund, wenn sie in seiner Krone sitzen, vor Blicken aus der hanglagigen Altstadt am Schlossberg ganz verborgen sein, und nun, endlich, erklimmen sie eines Tages gemeinsam den Baum, nichts ist leichter als das.

Auf zehn Meter klettern sie, wo man noch bequem sitzen kann. Dort reden sie über den Dritten, mit dem die Eltern fortgezogen sind, um anderswo neu anzufangen; sie fragen sich, wie viel von seiner Schwärze er wohl mitgenommen hat. Sie überlegen, ob sie den rußigen Ort des Feuers besuchen sollen, verwerfen den Plan aber vorerst; sie sind noch nicht so weit. Sie reden auch über ihre Eltern; die des Jungen haben sich kürzlich getrennt, da kann man noch nicht sagen, wie sich das endgültig anfühlt ... wenn es denn wirklich endgültig bleibt. Schließlich beratschlagen sie kurz, noch höher zu klettern, ganz nach oben, um von der Spitze der Buche aus auf den Fluss und die dunkel darin schimmernde Nixengrube zu schauen, aber etwas hält sie davon ab, und es ist nicht die Angst vor der Höhe.

Zuletzt sitzen sie still im Baum, halten sich mit den Händen fest in den Ästen über ihren Köpfen, während sie die Beine baumeln lassen. Die sind, unterbricht der Junge irgendwann die Stille, recht lang geworden über die vergangenen Monate, wie auch Hände und Füße, sogar sein Kopf zu groß geworden sind, gemessen am übrigen Körper. Er fühlt sich ungelenk und merkwürdig unfertig, aber der Freund beruhigt ihn: Ihm geht es genauso.

Der Junge schaut nach unten und versucht, zwischen Ästen und Laub hindurch einen Blick auf das rotbraune Huhn zu erhaschen, das irgendwo zu Füßen des Baumstamms den Boden aufscharrt, oder auf den struppigen, schon etwas älteren Mischlingshund, den loszuwerden das Tierheim längst abgeschrieben hatte. Er hat ihn Schneider getauft, jetzt ruft er seinen Namen, ein Kläffen antwortet ihm, er und der Freund lachen.

Wind fährt raschelnd in die Zweige und bringt Unruhe in die frischen hellroten Blätter, Sonnenlicht flirrt. Sie sind nur zwei Jungen in einem Baum, und mal fällt Licht auf ihre Gesichter, mal Schatten.

## NACH ALL DEN NÄCHTEN, DIE VOLL STERNEN HINGEN

Das Gedicht von Erich Mühsam (geb. 1878 in Berlin; ermordet 1934 im KZ Oranienburg), in Prosa gefasst für Stacks Monolog im Kapitel *Warum Engel fallen*, liest sich im Original wie folgt:

*Nach all den Nächten, die voll Sternen hingen,*
*nun diese dumpfe, trübe, nasse Nacht,*
*als wär die Arbeit aller Zeit vollbracht*
*und niemals wieder Hoffnung auf Gelingen.*

*Wohin die Schritte weisen, da das Ziel*
*ertrank im nebeligen Grau der Wege?*
*Ich such nur noch, wo ich mich niederlege,*
*den stillen Platz. Verloren ist das Spiel.*

*Ich höre vieler Menschen Schritte tasten –*
*verirrte Menschen, einsam, müd und arm –*
*und keiner weiß, wie wohl ihm wär und warm,*
*wenn wir einander bei den Händen fassten.*